한나절

변영림 지음

책을 열며

남편 경산(絅山) 정진규(鄭鎭圭) 가고 5년. 이승과 저승이
혼재되어 있는 듯한 세상에서 살고 있다. 남편의 존재를 그
마음을 몸으로 알게 된 것도 이즈음이다.

평생을 나는 '나'와 '너'가 있었고, 평생을 당신은 '나'와
'너'가 없었다.

남편에게 나는 어떤 존재였을까. 그에게 나는 자기 자신
이었다. "나의 아내", "내가 책임져야 할 '당신'"이 아닌, 그
냥 자기 자신이었다.

아직도 남편의 온기가, 손때가 남아있는 우리 집을 그대
로 남기고 싶었다. 그러면서, 우리가 아직 젊었을 때, 세 아
이들과 지냈던 옛집의 추억도 들춰 보게 되었다.

1장은 우리 다섯 식구가 1977년부터 2008년까지 살았던
서울 수유리 집에 대한 이야기다. 2008년 봄, 남편 고향인
안성 보체리(保體里)로의 낙향을 앞두고 30여 년을 살아온
집의 곳곳을 아쉬운 마음으로 돌아보며 썼던 기록을 추렸

다. 내가 쓴 글과 함께 앨범으로 만들어 보관해 오던 사진은 당시 손현숙 시인이 찍어 준 것이다.

2장에서는 서울 생활을 정리하고 남편 생가에 마련한 석가헌(夕佳軒)에서의 나날에 대해 썼다. 남편이 떠나기 전 그 10년을 돌아보며, 우리 내외의 노년 생활과 석가헌에 얽힌 옛이야기가 담겨 있다. 석가헌의 안팎 모습이나 보체의 풍경은 모두 딸 서영이가 만나게 해 준 김혜원 작가가 찍어 주었다. 지금도 생각난다. 미명의 어둠이 깔린 새벽, 카메라를 들고 마당 한쪽에 가만히 서 있던 김혜원 작가의 모습이 지금도 눈에 선하다.

마지막으로 3장은 나의 남편 경산을 기억하며 쓴 글이다. 그의 손길이 머물렀던 것들에 대한 단상과 그가 가던 날, 그리고 그 이후의 내 삶을 담담히 써 내려가려 했다.

이 기록을 위해 도움을 준 형제들 그리고 내 자식들과 모든 이들에게, 모든 것들에게 감사한다.

2022년 10월, 변영림

水輪運時節
己丑大暑洞山題
수용리사열

골목길

이 골목길을 30년 넘게 딛고 다녔다.
밖에서 집으로 돌아오는 길-
이 골목에 들어서면 얼굴 빠끔이 내미는 형상으로 대문이 나를 맞았다.

아이들이 이 골목에서 뛰놀며 자랐다.
특히 막내 지영이의 놀이터였지.
나란히 있는 네 집과 그 맞은편 집에 고만고만한 아이들이 있었다. 아이들의
엄마끼리도 비슷한 연배여서 참 가깝게 동기처럼 지냈다.
코너집 양씨네 큰아들은 지영이가 형, 형 하며 따랐고, 그 옆집 큰딸 혜성이
는 유현초등학교 한 반이어서 친했다. 동생 혜진이와 둘이서 잘 놀러
왔었다. 어느 날 혜진이 지영이에게 하는 이야기를 들었다.
"오빠, 학교에서 제일 친한 사람 이름 써 내라고 해서 내가 오빠 이름 써냈
다." ·
그 귀여운 목소리가 지금도 들리는 듯하다. 그 다음 우리 집. 그 다음집 홍
선이 홍경이 자매는 얌전둥이였지. 혜진네 앞집 교장 선생님 작은 아들은
지영이와 초등학교, 중학교 동창 영리하고 공부도 잘 했다.
우리 앞집 태환네는 모두가 떠난 이 골목을 지금까지 지키고 있다.
우리가 이사오기 전부터 그 집에서 살았다. 우리 이사오고 얼마 있다가 결혼
8년만에 아기가 태어나고, 지금은 돌아가고 없는 할머니가 좋아서 아무나 보
고 나 손자 봤다고 자랑을 했었다. 태환이 아버지는 10년만에 대문에 칠을
했다.
이 골목 안은 참 화락하고 정다운 이웃들이 있었다.

己有齋에

아들 며느리 손.

예쁘지 않으나 부끄럽기 없는 손.

己有齋에서 夕佳軒으로

「맛을 이어 들은 八代孫 鎭杰의 妻

子榮玉林 84才 대가 손.

차례

저녁이 아름다운 집, 석가헌

나의 경산

수유리 시절
1977. 10. 1. ~ 2008. 3. 25.

수유리 시절

1977년 10월 1일.
　서울 도봉구 수유 1동 409-272번지.

　시아버지께서 장만해 주신 이 집으로 이사했다.
　우리 내외는 40 고개에 서 있었고, 세 아이들은 자랄 고비에 들어섰었다.
　집은, 당시의 살림집들이 대부분 그랬듯이 집 장수의 집이었지만 예쁘고 쓸모 있었다.
　여기서 30여 년 세월, 그동안 우리 식구는 모두 성장했다.
　남편은 시인으로 거목이 되었고, 아이들은 공부 잘하고 좋은 배필 찾아 결혼도 했고 제자리 굳건히 다져서 세상에 우뚝 서 있다.
　곳곳에 우리들의 세월이 묻어 있는 집을 떠나려니 아쉽고 아쉬워 글과 사진으로 남기려 한다.

골목길

집 앞 골목길을 30년 넘게 딛고 다녔다.

밖에서 집으로 돌아오는 길, 골목에 들어서면 얼굴을 빠끔히 내미는 형상으로 대문이 나를 맞았다.

아이들이 골목에서 뛰놀며 자랐다. 특히 우리 막내 지영이의 놀이터였지.

나란히 있는 네 집과 그 맞은편 집에 고만고만한 또래의 아이들이 있었다. 아이들의 엄마끼리도 비슷한 연배여서 참 가깝게, 동기처럼 지냈다.

코너 집 양 씨네 큰아들은 지영이가 "형, 형" 하며 따랐고, 그 옆집 큰딸 혜성이는 지영이와 유현초등학교 한 반이어서 친했다. 혜성이는 동생 혜진이와 둘이서 잘 놀러 왔었지.

어느 날인가, 혜진이가 지영이에게 하는 이야기를 들었다.

"오빠, 학교에서 제일 친한 사람 이름 써 내라고 해서 내가 오빠 이름 써 냈다."

그 귀여운 목소리가 지금도 들리는 듯하다.

혜성이네 다음은 우리 집. 그다음 집 홍선이 홍경이 자매
는 얌전둥이였지. 혜성이네 앞집 교장 선생님 작은아들은
지영이와 초등학교, 중학교 동창이었는데, 영리하고 공부
도 잘했다.

우리 앞집 태환이네는 모두가 떠난 골목을 지금까지 지
키고 있다. 우리가 이사 오기 전부터 그 집에서 살았다. 우
리 이사 오고 얼마 있다가 부부가 결혼한 지 8년 만에 아기
가 태어났는데, 지금은 돌아가시고 없는 할머니가 좋아서
아무나 보고 "나 손자 봤다"고 자랑을 했었다. 태환이 아버
지는 10년 만에 대문에 칠을 했다.

이 골목 안에는 참 화락하고 정다운 이웃들이 있었다.

앨범 속에 붙여 둔 수유리 집 열쇠.

대문

밖에서 돌아와 대문 앞에 서면 언제나 평온과 감사의 마음이었다.

하루가 끝나 가는 시간, 제일 늦은 귀가를 한 식구가 문 열고 들어와 안에서 빗장을 지르면, 대문은 우리 식구를 안전하게 지켜 주는 철옹성이 되었다.

어스름 저녁때, 아니면 늦은 밤에 남편의 고교 후배인 임홍재 시인이 우리 집에 자주 오기도 했다.

초인종 소리에 나가 대문을 열면 그는 언제나 달리의 그림처럼 흘러내리듯 문설주에 기대서 있었다.

담에 기댄 자전거

집도 나무도 물건 하나에도 사람이 얽혀 있으면 정이 생긴다. 우리 집 담에 기대어 있는 자전거 한 대가 집 앞 풍경을 정겹게 했다.

자전거라 함은, 30년 전 우리가 수유리 집으로 이사 왔을 때부터 우리 앞집에 살았던 태환이 아버지의 것을 말한다.

택시 운전을 하던 그는 자동차 정비가 취미이자 특기이며 삶의 즐거움인 것처럼 보였다. 그는 날마다 아침에 한 차례씩 정비를 하고 나서야 차를 끌고 나갔고, 돌아와서는 또 추우나 더우나 이르나 늦으나 반드시 골목길에 정비 공장을 차리곤 했다. 나는 '차가 고물이라서 날마다 고쳐야 되는구나. 그래도 자기가 직접 고칠 수 있으니 다행이다.' 생각했다.

어느 날, 번쩍이는 새 차 한 대가 태환이네 집 앞에 서 있었다. 개인택시를 하게 되었다고 태환이 엄마가 밝은 얼굴로 내게 자랑했다. 그날도 태환이 아버지는 새 차의 앞 덮

개를 열고 무엇인지 뜯어고치고 있었다. 다만 한 가지 달라진 것, 아니 더 하는 것이 있었다. 걸레로 차체를 정성스럽게 닦는 일이었다. 전에는 차체를 닦는 일에는 관심이 별로 없어 보였던 그였다.

태환이네는 그렇게 몇 년을 잘 살더니, 언제부터인가 부부 싸움을 자주 하고 태환이 아버지의 차 수리도 뜸한 것 같다가 종내 차가 보이지 않게 되었다. 태환이 엄마는 사촌동생 아기 봐주러 간다며 며칠씩 집을 비우고, 아들 태환이는 군대에 가는 바람에 태환이 아버지와 그의 아버지 두 분만이 집에 사는 것 같았다. 태환이네 대문 앞에는 소주병이 한 줄로 늘어서 있기 시작하더니 곧이어 동네에 소문이 구체적으로 퍼졌다.

태환이 아버지가 음주 운전으로 택시를 몰지 못하게 되었다는 것이었다. 이제 그 좋은 정비 기술을 쓸데가 없어졌다. 취미이자 특기이며 생활의 즐거움이 사라지고 아내도 잃고 아들은 멀리 있고 거동 불편한 아버지만 모시고 술로 세월을 보내게 되었다. 그러다가 태환이 아버지는 자전거를 한 대 장만해서는 외출용 자가용으로 쓰다가 사용하지 않을 때는 우리 집 담벼락에 전깃줄로 매어 놓곤 했다. 자전거도 자동차의 8촌쯤 되는 것이라 시도 때도 없이 수술을 받았다. 그러나 워낙 장기가 간단해서 금방 끝나기는 했지만.

사진 속 자전거는 아주 귀엽게 보인다.
태환이 아버지하고는 영 이미지가 다르네.

우리 집 마당

좁고, 가운데가 계단으로 갈라지고, 햇볕도 잘 들지 않지만 그냥 '마당'이어서 좋았던 우리 집 마당.

특히 남편이 여기를 좋아해서 언제나 손질하고 가꿔 예쁘고 정갈하게 해 놓았다. 나무를 심고 꽃을 사다 놓고 계절마다 마당이 살아 있도록 했다.

둘째 서영이 대학 시절 작품 여럿을 마당에 세워 놓기도 했다. 그중 여인상과 돌로 된 두상은 내 방 창문 아래에 대문을 바라보고 서 있게 해 놓았다. 둘이서 들어오고 나가는 사람을 마중하고 그러라고.

그래서 우리 집에 자주 드나들던 가스 배달원, 기름 배달하던 아저씨, 마당에 몇 그루 나무들을 봄가을로 손봐 주던 정원사, 내 컴퓨터 수리해 주던 기사… 모두 우리 집을 '마당에 사람 서 있는 집'이라고 불렀다.

마당의 식물들

라일락

수유리로 이사 오기 전 살았던 집은 우이동, 자세히는 우이 초등학교 옆에 있었다. 최초의 '우리 집'이라고 할 수 있는데, 당시 우리 집 갖게 된 기념으로 내 친구 춘자(중고등학교 동창이자 친구라기보다 동기 같은)가 굵고 기다란 회초리 같은 나뭇가지 하나를 마당 한쪽에 꽂아 주었다.

라일락이라 했다. 그 집에서 7년을 사는 동안 나무도 함께 자라서 꽤 실한 꽃나무가 되었다. 봄이면 눈부시게 희고 향기로운 꽃을 피우며 마당 한편을 장식해 주곤 했다. 그렇지만 잘 손봐 주지 못했다. 세 아이를 위해 직장에 나가야 했고 발령받은 학교가 집에서 멀어 일하는 처녀애에게 젖먹이를 맡기고 일찍 나가서 늦게 돌아왔다. 생활은 늘 피곤했다. 꽃나무에게 눈길을 줄 마음의 여유도, 시간도 없었다. 그러는 동안 라일락은 혼자서 엉키고 꼬이면서 둥치를 키우고 꽃을 피우며 자라고 있었다.

어느 날 정신이 좀 들어 크게 자란 나무를 살피니, 굵은 가지들이 걷잡을 수 없이 꼬여 있는 것이 보였다. 너무 늦어서 바로잡아 줄 수가 없었다. 꼬이고 꼬였던 그동안의 삶과 심경이 적나라하게 드러난 것만 같아 마음이 아팠다.

수유리 집으로 이사를 오면서 라일락을 데리고 왔다. 여기서 30년 사랑을 주고받으며 큰 나무가 되었다. 이제 이걸 어째야 하나.

산수유

남편이 진로 홍보실에서 근무하던 어느 해, 식목일 행사에 참여했다가 작은 묘목 두 그루를 가지고 들어왔다. 하나는 보라색 꽃이 피는 라일락이라 했고, 하나는 산수유라며 안방 베란다 앞쪽 마당에 심었다. 둘 다 잘 자랐다. 보라색 꽃을 피우는 라일락은 원래 있었던 흰 라일락과 어울리며 마당 한쪽을 풍요롭게 해 주었고, 산수유는 겨울이 채 가기도 전에 서둘러 노란 꽃봉오리를 터뜨려 우리 집 앞 골목에 봄을 제일 먼저 맞아들였다.

샛노란 산수유 꽃봉오리는 하루가 다르게 피어나서 마

당 전체를, 아니 우리 집 전체는 물론 골목 안을 환하게 밝혀 주었다. 늦가을부터는 낙엽을 떨구고 보석 같은 빨간 열매를 주렁주렁 달고 섰다. 겨울에 눈이라도 오면 그 빨간 보석들은 하나같이 하얀 고깔을 쓰고 우리 집 마당을 빛내 주었다. 우리 식구들은 모두 산수유를 좋아했다. 남편이 특히 더.

어느 해인가, 첫 손자 상욱이의 백일이 바로 남편의 생일이기도 한 날이었다. 온 식구가 모여 작은 잔치를 벌이고 있는데, 창문 너머로 눈이 내리고 있었다. 누가 먼저랄 것 없이 창문을 열고 산수유 열매 위에 내리는 눈을 보며 환성을 질렀다. 남편은 그날의 감격을 「몸시(詩) 61」로 남겼다.

지난 가을 따지 않고 놓아 둔 내 뜨락의 겨울 산수유 빨간 열매가 눈 속에 더욱 점점 빨갛다 길일(吉日)이다 오늘은 내 생일이자 첫 손자의 백일 되는 날, 연(緣)이다! 이른 아침부터 흰 눈, 그래, 서설(瑞雪)도 내리고 하느님의 떡 백설기를 이웃들에게 돌렸다 쉰흔 네 해 내 낡은 집이 잠시 새집 같아

지고 새 옷도 얻어 입었다. 길일이다 내 소멸의 빈터에도 풀

잎 하나 돋는구나 풀잎, 아기의 손을 쥐니 가득 조여 오는

생동(生動)! 온몸이 개운했다

—정진규, 「몸시(詩) 61」

첫 손자가 태어난 지 다섯 달 되던 무렵에는 사진을 찍어

그 사진 아래에 이 시를 써 넣고 액자를 만들어 내내 안방

에 걸어 놓기도 했다.

이사한다 했을 때 남편은 '데리고 갈 수 있을까?' 산수유

걱정부터 했다.

정원사는 "새 집에 옮겨다 드릴 수는 있지만 잘 자라게

할 수 있을지는 자신할 수 없네요…." 했다.

단풍나무

우리 집 작은 마당의 단풍나무. 지금처럼 크게 자라기 전에

는 야트막하게 멋진 가지를 뻗쳐 그 아래에 엷은 그늘을 만

들어 주었다.

조정권 시인의 집과 우리 집은 빨리 걸으면 2~3분이나

걸릴까 싶은 거리에 있었다. 남편은 조정권 시인과 이야기 하는 것을 좋아했다.

두 분이 이 단풍나무 아래 조그만 돌 위에 무릎을 맞대고 마주 앉아(너무 좁으니 다정해지지 않을 수 없지) 술잔을 기 울였다. 불편한 줄도 모르고, 해 지는 줄도 모르고 이야기 를 하곤 했다.

앵두나무

창동중학교(지금의 도봉중학교)에 있을 때 평생의 좋은 친 구를 많이 만났다. 그중 한 분인 유 선생님이 앵두나무를 선물해 주셨다. 품종이 좋은 나무라고도 하셨다.

담벼락에 다붙게 심은 앵두나무는 우리 마당 산수유의 노란빛이 가실 즈음 너무나 고운 분홍 꽃을 피우기 시작해 서 단오 무렵이면 보석 같은 새빨간 열매를 풍성하게 매달 아 주었다. 앵두는 알이 굵고 달기도 했다. 앵두를 따서 유 리병에 담고 설탕을 듬뿍 뿌린 다음 보관하면 농축액이 생 기는데, 그걸로 주스를 만들었다. 손자들이 환성을 지르며 좋아했다. 특히 상욱이가.

앵두나무에 열매가 열리기 시작하면 골목을 지나가는 사람들이 손 닿는 곳의 앵두는 따서 먹기도 했다. 우리 집 앞 골목에는 특히 수유중학교 학생들이 많이 지나다녔는데, 앵두 익을 무렵이면 학생들이 우리 집 담에 붙어 있곤 했다.

어느 해인가, 내가 담장 밖으로 뻗친 앵두나무 가지를 끌어다가 산수유 가지에 매어서 밖에서 열매에 손이 닿지 않게 해 놓았었다.

지나가던 중학생이 투덜거렸다.

"에이, 치사빤쓰다."

그 소리에 나는 그만 부끄러워서 다음부터는 그 짓을 그만두었다.

손자들과 앵두 따는 즐거움, 보석 같은 앵두를 작은 바가지에 담고 그 위에 예쁜 이파리 하나 얹어서 이웃집과 나누는 즐거움, 흡족한 표정으로 앵두주스를 마시는 손자들의 얼굴을 보는 즐거움…. 많은 즐거움과 기쁨을 이 앵두나무가 내게 주었다.

내가 가장 좋아한 공간, 베란다

처음 수유리 집에 이사 와서 내가 가장 좋아한 공간이 있다. 조금이나마 넓은 집 가진 행복과 여유를 실감한 공간. 바로 안방 앞과 2층 마루 앞에 있는 베란다였다.

사실 우리 집 베란다는 생활에 별 필요가 없는 곳이다. 일을 하기도 뭣하고, 물건을 제대로 보관할 만한 장소도 못 된다. 그냥 그대로 저 혼자만 있다. 아무것에도 이용되지 않지만 그냥 있을 수 있는 공간. 이런 공간을 가질 수 있는 것이 한없이 좋고 고마웠다.

이 땅에 이 나라의 넓이만 한 황무지가 있기를 바란다. 유용하지 않은 넓이도 필요하다.

언젠가 책에서 읽은 이 구절 앞에서 나는 이사 왔을 때의 심정이 되살아나 공감하고 또 공감했었다.

방 한 칸, 부엌 반 칸의 셋집에서 전전하다가 시아버님께서 작은 집 한 채를 사 주셨다. 1970년대 말, 서울에 개발이 본격적으로 시작된 때에 시아버님 소유의 사당동 땅이 재물 구실을 하게 되었다. 시아버님과 아주버님께서는 시 말고는 세상 물정을 모르고 사는 둘째 아들, 거기에 세상에 둘째가라면 서러울 만큼 답답한 맹꽁이 며느리를 위해 우리 분수에 넘치는 이 집을 마련해 주신 것이다.

손톱만 한 공간이라도 이리저리 무얼 쌓아 놓고 하며 공간이란 어떻게든 써야 하는 줄로만 알고 살다가 이 집에 와서는, '이런 호사도 있구나.' 알게 되었다. 우리는 갑자기 부르주아가 되어 마당에 비치파라솔까지 펴 놓고 라일락 향기를 맡으며 이 집에서 처음 맞는 봄을 황홀하게 지냈다.

나는 가끔 베란다에 한참씩 서 있곤 했다.

아무것도 하지 않아도 되는, 빈 곳인 채로 그냥 있는 이곳이 내 영혼을 한없이 풍요롭게, 자유롭게 해 주었다. 행복감이 온몸을 적셔 주기도 했다.

남편은 이 베란다에 겨울 한 철 빼고 언제나
예쁜 꽃을 놓아서 우리 집 전체를 밝고 화려하게 했다.

좋은 집의 조건

부동산의 가격이 곧 사는 집의 가치로 치환되는 요즘과 다르게 옛날에는 집을 보는 기준이 지금과는 많이 달랐다.

좋은 집은 우선 집 안이 양명해야 하니 남향이어야 했고, 거기에 동향 대문이면 금상첨화였다. 집 건물은 옆집 뒷집과 바싹 닿아 있지 않고 약간의 공터로 뱅 둘려 있어 집 주위를 한 바퀴 휘 돌아볼 수 있으면 더 볼 것이 없었지.

우리가 수유리 집을 살 때에도 집은 이미 사람이 사는 공간이라기보다는 재테크의 수단이 되어 있었지만, 나는 여전히 향(向)을 따지고 집채 주위가 빡빡하진 않은지 살피곤 했다. 이 집은 동향이었고 대문도 동향이었는데, 집이 그냥 마음에 들어 서향보다 낫다 했고 대문이 동향이니 되었다 했고 이렇게 뒷골목까지 있고 집이 뱅 둘려 있으니 더 볼 것 없다고 덥석 사 버렸다.

이사를 해 놓고 보니, 정동향이 아니고 북쪽으로 약간 기울어 있었다. 마당에 목련이 한 그루 있었는데 누군가가 그랬다. 목련꽃 봉오리 부리가 북쪽을 향해 피니 그걸 기준으로 집 방향을 따지면 틀림없다 해서 그렇게 보니까 이 집이 동북간방이었다. 아침나절 해가 들고 마당도 좁은 데다가 그늘이 많이 지니 꽃도 잘 자라지 못했다. 그래도 집 주위가 횡 잘 뚫려 있어서인지 이 집에서 30년을 큰 탈 없이 잘 살았다.

동쪽 골목은 수돗가와 가까워서 자주 썼고 서쪽 골목은 부엌 뒷문이 있고 옆집 부엌 창문과 우리 부엌 창문이 마주하고 있어 날마다 사람 소리가 났다. 뒷골목은 아이들 어릴 적 술래잡기할 때 살살 잘도 기어 다니고 뛰어다니는 놀이터가 되기도 했다. 늘 해가 들지 않는 곳이어서 서늘하고 바람 잘 통하니 잘 상하지 않을 음식을 두기도 했다.

헝겊의자

현관문 앞에 헝겊으로 된 편한 의자를 하나 놓아두었다. 여름이 되면 이 의자는 내게 기막힌 안식을 주었다.

일찍 해가 뜨는 여름날, 이른 아침이면 남편은 이 의자에 앉아 더없이 편한 자세로 신문을 읽었다. 남편이 출근하고 나서 집안일 마친 뒤나, 점심 먹고 나른해진 오후에 나는 차 한 잔 들고 이 의자에 앉는다.

좁은 뜨락이 한눈에 들어온다. 서너 그루 나무가 있고 풀도 있고 꽃도 피어 있다. 안방 앞 베란다의 화려한 화분에서는 향기를 내뿜고 있어 이 의자에 앉아 있으면 행복해지기도 한다.

여기 앉아 집 앞을 지나가는 사람들 구경을 하고, 안면 있는 동네 사람이 지나가면 말 걸고 인사도 하고, 이런저런 장수가 지나가면 나가서 물건을 사기도 하고⋯. 그리고 대부분의 시간은 책을 읽었다. 소리 내서 시를 읽기도 했다. 소리를 내면 리듬이 살아나 색다른 느낌이 든다. 옛날 선비들의 책 읽는 소리는 어땠을까. 참 듣기 좋았을 것 같다.

나도 소리 내서 책을 읽어 볼까, 그런데 해 보니 한 페이지도 못 읽곤 소리가 끊어지고 만다. 소리는 아직도 여기인데 눈은 벌써 저만치 가 있고 소리 내기가 귀찮아져서 어느 틈엔가 나는 묵독을 하고 있는 것이다. 약아빠진 내가 나도 모르는 사이에 에너지를 절약하고 있는 것이다.

안락의자도 흔들의자도 아니지만 내 몸과 영혼을 안락하게 해 준 의자다.

현관문

15~16년 전에 대수리를 했다. 그때 내가 한 일 중 가장 잘못한 것이 현관문 선택이었다.

무슨 생각으로 철벽 같은 것을 택했는지, 문을 단 순간 집 안은 깜깜절벽이 되어 버렸다. 현관문에는 유리가 달려 있어야 한다는 걸 그제야 깨달았지만, 바꿀 엄두를 내지 못했다. 나로서는 거금을 내버릴 수 없어 그냥 참아야 했다.

내가 왜 이 철벽 같은 것을 택했을까? 나중에 생각해 보니 튼튼해 보여서였을 것이었다. 몇 번 도둑을 맞은 적 있어서 현관에 유리가 있으면 그걸 깨뜨리고 들어오리란 생각에, 도둑이 깨지 못할 만한 것을 택한 모양이었다(바보 같으니라고. 도둑이 언제 현관으로 들어왔었나? 언제나 도둑은 현관은 입구로 사용하지 않았다. 출구로만 썼었지).

그동안 나는 날씨가 조금만 따뜻해지면 답답해서 현관문 열어 놓고 닫으면 불을 켜야 하는 현관 마루에서 속상해하며 살았다.

우리 집 현관의 재미있는 구석들

문 열고 현관에 들어서면 오른쪽 왼쪽 양쪽으로 낮은 신장이 놓여 있다. 왼쪽 벽에는 하회탈, 김영태 시인의 솜씨로 남편의 얼굴이 새겨져 있는 꽹과리, 어느 해인가 서영이가 그려 준 내 생일 카드를 표구한 그림(나는 이 그림을 볼 때마다 참 잘도 그렸다 감탄한다)이 걸려 있다.

오른쪽 신장 위에는 남편이 초벌구이에 그림 그리고 글씨 쓴 두 개의 자기가 놓여 있다. 때로는 여기에 꽃을 꽂아 어두운 현관을 조금 밝게 해 주곤 했다.

현관 마루는 우리 막내 지영이의 숙제방이기도 했다. 초등학교 다닐 때까지 지영이는 학교에서 돌아오면 신도 벗지 않고 이 현관 마루에 배를 쭉 깔고 숙제를 했다. 숙제를 다 해야 신발 벗고 올라와 책가방 내던지고 밥을 먹거나 간식을 달라거나 놀러 뛰어나가거나 했다.

현관으로 들어와 마루로 올라서면 오른쪽에 2층으로 올

라가는 계단이 있다. 그 계단이 시작되는 곳에 서 있는 기둥 위쪽에는 시계를, 그 아래쪽에는 달력을 늘 걸어 놓았다. 남편은 해마다 12월이면 이곳에 걸어 놓을 다음 해 달력을 고르고 골랐다.

그 옆에는 알리바바네 집에 있을 법한 주전자(?)가 있다. 이성선 시인(이 시인 역시 서둘러 떠나고 지금은 이 세상에 없다)이 보내 준 것이다. 비바람이 몹시 치던 어느 늦은 여름날 오후에 우리 집에 배달된 상자 하나. 어두컴컴한 현관에서 비에 젖은 상자를 열었던 기억이 난다. 상자 속에서 나온 이 주전자는 묘한 느낌이었다. 마법의 연기가 모락모락 날 것 같았다. 나중에 남편에게서 들었는데, 이성선 시인이 인도에서 가져온 것이란다.

주전자 아래쪽에는 뿔고둥과 술병을 건 나무 조각이 서 있다. 어느 시인의 남편 작품인데, 눈을 동그랗게 뜨고는 나를 바라보곤 했다.

54

56

꽉 찬 방

우리 집은 구조가 좀 묘해서 아기자기하고 재미있지만 한 가지 흠이라면 넓은 공간이 없는 것이다.

우리 식구들만 앉아도 비좁은 집이라 일가친척까지 모이면 너무 좁아 민망할 정도다. 새 사위가 생겼을 때는 신랑이 편히 앉을 자리 하나 없어서 무척 미안했다.

전에는 그래도 안방이 제일 넓어서 거기 모여 앉곤 했는데, 남편이 다리를 다친 후 필요해진 침대를 안방에 들여놓고 나서는 자연히 안방에서 주로 생활하게 되다 보니 책상 가져다 놓고 책 쌓아 놓고 그 좋아하는 소도구들 늘여 놓고 또 책과 소도구들이 차츰차츰 늘어나서 문자 그대로 발 디딜 틈마저 없어졌다.

문 열고 침대까지 가려면 바로 서서 걸어 들어갈 수가 없고 모로 서서 옆으로 옆으로 걸어야 할 지경이 되었다. 책이 침대 매트리스 옆에까지 쌓여 있으니.

벽이라고 그냥 있을 수 있겠는가. 동쪽에는 큰 창문이 나 있어서 어쩔 수 없고 남쪽은 장으로 꽉 차 있고 한쪽 구석 조금 비어 있는 곳은 텔레비전이 메워 놓고 서쪽에는 추상화 한 점(큰아들 민영이가 결혼할 때 그 기념으로 당시 젊은 작가의 작품을 샀었다), 그 아래 문갑 위에는 붓걸이, 기유재기 현판(남편 고향인 안성 집 사랑채에 300년 넘게 걸려 있었던 것을 너무 낡아 복원해 놓은 것), 남편이 먹춤 출 때 찍은 사진, 불두, 연적, 향로, 초, 등등….

북쪽에는 막내 지영이 결혼할 때 찍은 가족사진, 거울, 둘째 서영이 그림 한 점, 그 밑에는 손자 상욱이 태어난 지 다섯 달 때 찍은 사진과 남편의 시를 액자로 꾸민 것, 그 아래 문갑 옆으로는 향로와 찻주전자와 촛대, 그리고 문갑 위에는 갖은 소도구들….

이렇게 꽉 차고 꽉 찬 방이 되어 버렸다.

마루

1977년 10월, 이 집으로 이사하고부터 90년대 중반까지 참 많은 문인들이 우리 집 마루에서 술과 차와 문학을 즐겼다. 일요일이나 공휴일, 남편이 집에 있는 날이면 이른 아침부터 저녁 늦게까지 손님이 끊이지 않았다.

좁은 마루가, 그 옆에 붙어 있는 남편의 방이 방장(方丈)이었다. 아무리 손님이 많아도 다 그 안에 끼여 앉았으니까…. 서로들 해도 해도 끝나지 않을 이야기로 밤을 지새우기도 했다.

늦은 밤, 남편은 자주 젊은 시인들을 데리고 왔다. 이미 만취가 된 남편은 내게 다시 술상을 보게 한 다음, 먹고 자고 가라고 젊은이들을 붙들어 이들을 곤욕스럽게 했다. 어느 젊은 시인은 화장실에 간다면서 남편 손을 겨우 빠져나와 부엌 한구석에 서서는 전화로 아내에게 지금 들어갈 수 없는 상황을 설명하느라 쩔쩔매는 일도 여러 번 있었다.

마루에서

1.

서정주 선생님께서 동국대학교에서 정년퇴직을 하신 후에 긴 여행을 하셨다. 세계 일주 여행이라 하셨다.

여행 직후 우리 집에 오셨다. 안방으로 모셨다. 약주도 좀 하시며 기분이 몹시 좋으셨다.

인도에서 싸구려 보석을 한 보따리 사서 사모님에게 안겨 주었더니, 사모님은 틈만 나면 그 보따리를 펴 보며 좋아한다고 낄낄 웃으셨다. 노인이 아니라 장난꾸러기 중학생 같은 모습이셨다.

안방에서 약주를 하시다가 마루로 올라오셨다.

그때 남편의 서재 문설주에 조지훈 선생님의 사진(성북동 산에서 단장 짚고 서 계신 모습)이 걸려 있었는데, 선생님은 그걸 보시더니 화를 내셨다.

"내 사진은 어디다 걸어 놨냐!"

주사를 조금 하셨다.

2.

박병채 선생님께서는 하도 체소하셔서 우리 집 마루에 놓여 있는 크지도 않은 소파에 앉으셔도 푹 파묻히셨다. 언제나 소파 끝에 앉으셔서 파이프로 빠끔빠끔 담배를 피우셨다.

"선생님, 그렇게 피우시면 멋진 파이프가 아니고 곰방대예요."

남편이 놀렸다.

제자가 그러거나 말거나 선생님께서는 계속 빠끔빠끔 멋도 없이 곰방대 담배를 피우셨다.

3.

그 무렵, 그러니까 1980년대 초. 화계사 동국대학교 기숙사에 계시던 스님들이 우리 집에 가끔 오셨었다. 시를 공부하거나 시를 좋아하는 젊은 학승들이었다. 그중 자명 스님과 진관 스님은 함께 자주 오셔서 나도 두 분 스님이 친숙하게 느껴지기도 했다.

어느 날 점심때 두 분이 인도의 스님 한 분을 모시고 왔다. 먼저 와 계신 손님이 있어서 국수를 대접하려고 장국을

끓이던 참이었다. 인도 사람은 처음이었고, 더구나 스님이니 무엇을 대접해야 할지 난감했다. 진관 스님께 점심 대접을 어떻게 해야 하느냐고 여쭈니, "우리 음식 다 괜찮아요. 국수 하는 중이시라니 그냥 그것 주세요." 하는 것이었다. 네, 하고 부엌으로 들어왔는데 난감하기는 마찬가지였다.

'장국은 고깃국물인데, 어쩌나? 에라, 모르겠다. 모르는 게 약이지.'

나는 세 사람분의 국물을 따로 떠서 베 보자기에 여러 번 받쳐 기름기가 보이지 않게 했다. 다른 손님들의 국수에는 채소 볶은 것과 함께 고기꾸미에 지단을 얹어 화려하게, 그리고 세 분 스님의 국수에는 받쳐 놓은 맑은 국물 붓고 볶은 채소만 얹어 소박하게 해서 내놓았다. 스님 음식은 따로 만든 것처럼.

세 분 스님들은 고깃국물 국수를 조금도 남김없이 다 드셨다.

죄송하다.

4.

시인들과 있을 때 남편은 내 남편이 아니다. 내게 그는 19세기 조선의 남자이지만 시인들 사이에 있는 그는 멋진 현대남성이다.

시인들 여럿이 마루에서 이야기를 하고 있었다. 분위기는 화기애애했다.

내가 찻잔을 내려놓는데, 한 여성 시인이 담배를 꺼내 물었다. 그런데 남편이 아주 익숙하고 친절한 몸짓으로 라이터를 켜서 담뱃불을 붙여 주는 것이었다. 나는 속으로 '내 남편이 저럴 수 있구나.' 얼마나 놀랐는지.

그날 저녁때 고등학교 다니던 큰아들에게 이 이야기를 하며 나는 조금 흥분해서,

"그래, 너의 아버지가 그럴 수 있니?" 했다.

우리 큰아들, 빙그레 웃으며 하는 말.

"우리 아버지는 매너가 좋으셔!"

5.

마루에 장식으로 대금 하나를 놓아둔 적 있다.

오는 분마다 으레 한 번씩 불어 보곤 했지만 휘— 소리
라도 낼 수 있는 분을 못 보았다. 대부분 바람 소리 몇 번
내다가 슬그머니 내려놓는데, 조정권 시인이 한마디 했다.

웃고 있는 내 얼굴을 향해,

"에이, 이거 고장 났어요."

6.

이세룡 시인 생각이 자주 난다.

해마다 정초에 많은 시인들이 왔었다.

이세룡 시인은 내외분이 언제나 아침 일찍 와서 남편 대
신 종일 손님 맞아 주고 부인은 부엌으로 들어와 쩔쩔매는
나를 도와주었다.

날이 저물고 모두들 술에 마음이 풀어지면 시비가 붙기
도 했다. 그 시비를 가라앉히고 해결하는 것은 언제나 이세
룡 시인의 몫이었다. 밤이 되어 손님들 다 돌아가고 잔치
뒤끝까지 정리되면 그제야 내외가 지친 몸으로 집으로 가
곤 했었는데….

7.

평론가 이철범 씨는 딸의 친구 아버지이기도 했다.

전에는 구중서, 김윤희 시인 댁에서 살다시피 했었는데 우리가 수유리로 이사 온 후로는 이곳으로 출근을 시작했다.

일요일이면 어김없이 일착으로 와서 마지막에 돌아가곤 했다. 때로는 우리가 아침밥 먹기 전부터 마루에 진을 치고 앉았다가 밤늦어서야 일어나곤 했다.

어쩌다 그가 늦게 오는 날이면 우리 딸이 "지각하셨다." 하고, 일찍 가면 "무슨 일로 조퇴하시나?" 하곤 했다.

팽이 자국

현관 마루에서 오른쪽으로 난 계단 여섯 개를 오르면 좁다란 마루가 나오는데, 계단 끝이자 마루가 시작되는 곳 바닥에는 곰보처럼 온통 파인 자국이 가득하다.

손자 상욱이 짓이다. 상욱이 돌 좀 지나서인가, 혼자 팽이를 가지고 놀다가 팽이 아래에 박힌 쇠구슬로 쿵쿵 찍어서 만들어 놓은 작품이다.

어느 날, 나는 안방에서 무언가 하고 있고 상욱이 아비는 서재에 있었다. 다른 식구들은 아이를 우리 둘에게 맡기고 다 나가고 없었다. 언젠가부터 쿵쿵 소리가 났지만 나는 '제 아비가 보고 있으니까….' 했고, 제 아비는 '할머니가 보고 있겠지….' 싶었는지, 상욱이 뭐 하나 누구 하나 내다보지 않았다. 계속 소리가 나는데도 나와 상욱이 아비 둘 다 그저 서로를 믿은 것이다.

점점 심하게, 너무 오래 시끄러운 소리가 나기에 내가 참다못해 나가 보니 상욱이 혼자 계단 위에서 마룻바닥에 팽

이를 찍고 찍다가 한 계단 내려와서 또 찍기 시작하고 있었
다. 이미 마룻바닥은 어찌해 볼 수 없을 만큼 얽어 있었다.

학생용 책상

민영이 식구들이 독일에서 돌아왔다.

　민영이가 독일로 가기 전에는 결혼하기 전부터 쓰던 방에서 신혼 생활을 했다. 유학에서 돌아와 이제 세 식구가 되었는데, 이 방에서 학위 논문 준비까지 하기에는 너무 비좁겠다 생각했다. 나는 '그래도 어쩔 수 없지….' 싶었는데, 역시 아버지의 속은 깊어서 남편은 아들에게 자기 방을 내주었다. 서재가 없어졌으니 마음 둘 곳이 없어 한동안 헛헛해하는 듯 보였다. 내가 마루 한구석에 자그마한 학생용 책상을 사서 놓아 주었다. 그래도 앉을 자리는 있어야지 싶어서.

　그런대로 여기에 이것저것 놓아서 자기 자리를 만들고 휑한 마음을 다듬었을 것이다.

북

계단 위쪽에 북을 하나 매달아 놓았다.

빙 둘려 써넣은 것은 조지훈의 「고사(古寺)」 전문. 남편
의 글씨다.

손자들은 모두 이 북 치는 것을 좋아했다. 그 작은 손에
북채를 들고 제 아비에게 안겨서 북을 두들기곤 했다.

절집처럼 손님이 가실 때 배웅하는 소리를 둥둥 내기도
했다. 얼기설기 어지럽기 쉬운 계단을 중간에서 운치 있게
해 주었다.

남편의 공부방

경산시실(絅山詩室). 범접할 수 없는 남편의 공부방이다. '경산(絅山)'은 남편의 아호다.

　한때는 민영이가 학위 논문을 쓴 방이기도 하고, 민영이가 분가하고 지영이가 장가들기 전까지 이 방을 썼다. 지영이가 장가들면 이 방에서 신혼을 보내게 할까 잠시 생각해 본 적도 있었다.

　이곳은 밝고 조용하고 마루를 거느리고 있어 문 열어 놓으면 공간이 넓어지고 그러면서도 외진 듯한 꽤 괜찮은 곳이다.

　방 안은 네 벽 중 창문과 방문을 빼고는 모두 천장까지 닿은 책장으로 꽉 차 있다. 책장 아래쪽은 그림이나 글씨 액자가 몇 겹으로 놓여 있고 그 옆이나 앞이나 빈자리 없이 도자기, 조각품, 상자, 책 등으로 차서 딱 두 사람 여유 없이 앉을 만한 자리만 겨우 남아 있다.

아주 가끔 이 방도 청소를 한다. 이리저리 조금씩 비켜
가며 먼지를 털고 닦는 동안 혹 무엇을 건드려 깨지나 않을
까, 본래 자리를 뒤바꾸진 않을까, 노심초사 신경을 곤두세
우다 보면 기운이 다 빠진다. 탈 없이 청소가 끝났다 싶으
면 움직일 수도 없을 만큼 좁은 통로를 겨우 빠져나온 듯
후유— 긴 한숨이 절로 나온다.

남편의 책상

공부방이 번듯한 서재의 모습으로 갖춰질 무렵, 남편이 글을 쓰기 편하도록 큰 상 하나를 방 한가운데에 놓았다.

나는 남편이 넓은 상에 원고지와 꼭 필요한 책 한두 권 그리고 필기구만 놓아 시원하게 공간을 즐길 것을 내심으로 기대했었다. 남편에게는 널찍한 책상이 꼭 필요하다고, 그가 그걸 무척 바라고 있다고도 생각했었다. 그러나 소도구 좋아하는 남편은 이 상 위에 하나하나 늘어놓기 시작하더니 얼마 안 가서 드넓은 상 전체를 꽉 메워 버렸다. 글을 쓰거나 더구나 글씨를 쓸 공간은 없어져 버렸다. 결국 이 큰 상은 글 쓰는 '책상'의 역할은 끝내 못 하고 말았다.

서영이 방 문 앞

유학 가기 전까지 딸 서영이가 쓰던 방 문 앞.

아이들이 고등학교 다닐 때는 민영이의 많은 친구들이 수시로 우리 집에 드나들었다. 민영이 방으로 가려면 서영이 방 문 앞을 지나야 했고, 그때마다 민영이 친구 녀석들은 거기서 괜히 머무적거렸다. 공연히 빙글빙글 도는 녀석들도 있었지. 그러면 먼저 와 민영이 방 앞에 섰거나 먼저 나와 현관에 서 있는 녀석이 "뭐 해, 빨리 와!" 소리를 치곤 했었다.

서영이 방 문 앞. 가을에 연시 만들려고 앉혀 놓은 감 옆에 서영이가
대학 다닐 때 만든 여인 목조상이 몸을 틀 듯 서 있다(아니, 앉아 있는 것인가?).

세 천사들

부엌을 수리해서 깨끗하고 넓은 벽을 얻었다. 그곳에 남편이 사진 액자 셋을 걸어 놓았다. 우리의 세 천사들.

가운데 걸린 액자 속 연꽃 같은 옷을 입은 아기는 지영이의 딸, 우리의 유일한 손녀 이영이다. 이영이 왼쪽 가까이에 미륵보살처럼 점잖게 앉아 있는 아기는 민영이의 늦둥이 상진이, 제일 오른쪽 아래에 모자 거꾸로 쓰고 장난스레 웃으며 엎드려 있는 아기는 서영이가 늦게 결혼해서 기적처럼 얻은 준원이.

남편은 이 사진들을 걸어 놓으며 내게 말했다.

"아침마다 부엌에 들어오면 아이들 얼굴이 보이고 식탁에 앉으면 이 아이들이 눈에 보여 저절로 웃음이 나올 테니 이게 당신의 행복이오."

아닌게 아니라, 나는 이 천사들로 인해서 가슴이 따뜻해져 날마다 웃고 있다.

해바라기

큰아이 민영이가 여섯 살이었나, 일곱 살 때였나. 하여간 유치원 다닐 때 해바라기 그림을 그려 왔다. 당시 유치원 선생님은 아이가 무언가 잘할 때마다 별모양이며 꽃모양이며 갖가지 스티커를 나눠 주었고, 아이는 그걸 수첩에 붙여 차곡차곡 모았다가 상 받아 오곤 했었다.

그 시절, 민영이가 선생님께 칭찬 많이 받았다고 자랑스러워하던 해바라기 그림을 얼마간 벽에 붙여 놓았다가 얼마 후에 액자로 만들어 걸어 놓았고, 그 후 몇 번 액자를 갈았다. 액자를 갈 때마다 그림이 새로워지는 것 같았다.

남편은 이 그림이 '명화'라고 했다. 크레파스 질이 좋은 것이었는지 색깔도 변하지 않고 40년을 한결같이 우리 집 제일 좋은 자리에 걸려서 보는 이들을 즐겁게 해 주고 있다.

해바라기 그림 앞에 서 있는 삼 남매(왼쪽부터 민영, 서영, 지영).
이제는 모두 중년이 되었는데, 내게는 어린아이들 같기도 하다가,
너무 멀리 있는 것 같기도 하다가, 든든한 울타리처럼 나를 둘러싸고 있어
'내가 세상에 있는 보람이로구나.' 싶기도 하다가… 그런다.

족자 두 점

일흔이 다 되어서 생전 처음으로 '내 방'을 가지게 되었다.

아무것도 없는 넓고 하얀 벽이 있는 방을 가지는 것이 소원이었던 나는, 방과 함께 넓지는 않아도 하얀 벽면을 얻을 수 있었다. 그러나 그 벽은 하루를 못 견뎠다.

벽면이건 바닥이건 빈 공간을 그냥 두고 못 보는 남편, 무엇이든 걸고 놓아두어야 하는 남편이 아무리 자기 방이 아니어도 이 텅 빈 곳을 그대로 두고 볼 리 없었다.

남편은 크게 선심을 써서 족자 두 점을 내 방 벽에 나란히 걸어 주었다. 나는 '그래, 그것도 좋다.' 하고 받아들였다.

나란히 걸린 두 개의 족자는 때때로 나를 감시하는 듯도 했다.

내 책상

방이 생기고 나니 따라 생긴 것이 내 책상이다.

나 혼자 쓰고 내 물건만 있고 남 의식 않고 늘어놓아도 괜찮고 언제고 내가 쓰고 싶을 때 쓸 수 있는 나만의 책상! 내 방에서도 이 앞에 앉아 있을 때가 가장 좋다.

항상 무언가 수북하게 쌓아 놓아 빈자리 없는 남편의 책상을 속으로 흉봐 왔는데, 내 책상 위도 크게 다를 바 없는 것을 보면 쓴웃음이 나온다.

그래도 가능한 한 공간을 남겨 두려 한다. 넓지도 않은 책상 위를 될 수 있는 대로 비워 놓아 무언가 할 때 거추장스러운 것이 없도록 하려 한다.

사는 데 필요한 것이 왜 그리 많은지, 살림살이들을 바라보며 한숨 나올 때가 많다. 줄이려고, 간단히 하려고 마음먹지만 시간이 지날수록 주위에 물건들이 늘어만 간다. 보면, 그것도 필요하겠다는 생각이 버리지를 못하게 한다. 그

리고 사고 또 사고 끌어들이고 받아들이고 그러면서 짐을
늘리고 있다.

창문 밖의 라일락

내 방 한쪽, 족자를 걸어 놓은 벽에 기대앉으면 창문 밖으로 라일락의 멋진 가지들이 보인다.

잎이 돋고, 꽃이 피고 지고, 낙엽이 져서 떨어지고, 수척한 가지들만이 수없이 선을 긋고, 계절마다 새로운 그림으로 다가온다.

나는 책상 앞 의자를 돌려서, 혹은 창 맞은편 벽에 기대앉아서 하염없이 이 천연의 사진을 바라보곤 했다.

민영이가 고등학교 다닐 때 유화 물감을 써서 처음 그린 그림도 이 라일락이었다.

강아지들

손자들이 오면 내 방은 언제나 놀이터, 놀이방이 된다.

아이들은 방에 이불을 깔아 주면 더 좋아한다.

열 살, 여섯 살, 세 살, 두 살. 넷이서 함께 노는 듯하지만 가만히 보면 따로따로 논다.

각자 자기 놀이에 열중해 있다. 그러다가는 넷이 엉클어 져 뒹굴기도 한다.

예전에 할머니들이 손자들을 보고 "우리 강아지, 강아 지." 했는데, 아이들 놀고 있는 것을 보면 정말 강아지임에 틀림없다.

서영이의 첫 작품

서영이가 고등학교 1학년 때 그린 첫 유화 작품을 아직까지 걸어 두고 있다. 첫 작품이어서 액자를 만들어 쭉 걸어 놓았다. 어느덧 27~28년이 되었다.

작품은 그때 그대로인데 이걸 그린 서영이는 막 봉오리 맺기 시작하던 시절에서 이제 마흔의 고개를 넘어서 중후한 작가가 되어 제 그림 앞에 앉아 있다.

외상

친정어머니께서는 하시던 장사를 거두시고 나서 혼자 노년을 보내시면서 여러 가지 공부도 하시고, 요즘 말로 취미 생활도 즐기셨다. 특히 그때 유행하던 매듭을 참 열심히 배우러 다니셨다. 매듭 작품을 많이도 만드셔서 어머니 주위에 있는 사람치고 매듭 선물 한두 개 받지 않은 사람이 없을 정도였다. 큰딸인 내겐 각별히 많이 만들어 주셨다. 목걸이, 허리띠, 벽걸이, 여름에 창에 늘어뜨리는 발걸이, 방석 커버….

언젠가 짐 정리를 하는데, 어머니께서 만들어 주신 발걸이가 여러 벌 묶인 뭉치가 나왔다. 빛깔도 다 바래고 먼지도 묻어 있었다.

'처음에는 참 예뻤었는데. 방마다 창문에 발을 치고 살때 이 발걸이가 얼마나 운치를 더해 주었는지….'

물끄러미 바라보다가 조심조심 살살 빤 뒤 따뜻한 방바닥에 늘여 물기를 말렸다. 지금은 효용 가치를 잃어버렸지만, 어머니의 손길이 진하게 묻어 있는, 한때는 유용하게 쓰였고 우리 식구들을 기쁘게 해 주었던 것들을 보면서 '이 애들을 어쩌나?' 가슴이 저렸다.

어머니 작품을 보면 생각나는 일이 하나 있다.

지영이가 초등학교 3학년 때다. 그때 어머니께서는 매듭을 아주 열심히 하셨다. 하루는 어머니께서 웃으시며 말씀하셨다.

"나 작품 하나 팔았다. 외상이긴 하지만⋯."

"누구한테요?"

"이건 비밀인데, 풍기지 않는다고 약속하면 내 이야기하지."

나는 약속하고 그 비밀을 들었다.

막내 지영이가 할머니에게 청이 하나 있다고 하더란다.

스승의 날에 담임선생님께 선물을 하고 싶은데, 그 선물은 할머니께서 만드신 매듭 노리개이고 지금은 그걸 살 만큼 돈이 없으니 우선 외상으로 해 줄 수 없느냐고 하더란다.

"그럼 네 엄마에게 돈 좀 달라고 하지 그러니?"

"그러면 그건 엄마 선물이지 제가 드리는 선물이 아니잖아요. 할머니, 싸게 해 주세요."

"얼마쯤이면 되겠니?"

"오천 원은 드려야겠지만… 삼천 원에 해 주세요. 그리고 이건 절대 비밀이에요. 누구에게도 이야기해선 안 돼요."

"그래, 약속은 지키마. 그런데 외상값은 언제 갚을 거냐?"

"우선 지금 천 원 있으니까 먼저 드리고 나머지는 한 달 후에 용돈 모아서 드릴게요."

"그래, 좋다."

이렇게 해서 거래가 성사되었다고 어머니는 자랑하셨다.

얼마 후 나는 잊고 있었는데 어머니께서 말할 수 없이 만족한 표정으로 말씀하셨다.

"얘, 지영이가 노리개 값을 다 갚았다."

그 지영이가 이제 30대 중반을 넘어 40을 바라본다.

꼭 해 보고 싶었던 일

가진 사람 부러워 내가 꼭 가지고 싶은 것 두 가지가 있는데, 그 하나는 음악을 들을 수 있는 귀요, 다른 하나는 잘 다룰 수 있는 악기가 하나라도 있는 것이다. 퇴직하고 시간이 많이 생기면서 이 두 가지를 가지려 했다. 그러나 쉽지 않았다. 이것들은 금방 내 것이 되는 것이 아니었다.

내가 다룰 만한 악기를 찾아 헤매던 중 만난 것이 바로 '밤벨(bamboobell)'이다. 인도네시아 전통 악기인데, 대나무를 잘라 매단 것으로 흔들어 소리를 낸다.

나는 첫눈에 밤벨에 반해 버렸다. 자연에서 온 맑은 소리는 아무리 흔들어 대도 귀에 거슬리지 않았다. 여럿은 물론 혼자서도 즐길 수 있다고 해서 끌렸다. 실은, 한두 시간이면 배워서 그 자리에서 바로 연주를 할 수 있다고 하니 이보다 더 내게 꼭 맞는 악기가 있을까 싶은 마음이 컸다. 거금을 치러 밤벨을 샀고 먼 곳까지 여러 번 가서 연수를 받았다.

연수받는 동안 음악 속에서 행복했다. 좋은 스승 밑에서 백여 명이 함께 하나 되어 연주할 때, 그리고 내가 그 속에 끼여 있을 때 그 소리는 황홀 그 자체였다. 생전 처음 감동으로 가슴이 꽉 차오르는 경험도 했다. 그러나 거기서 떨어져 나와서 혼자 이 악기를 즐기기에는 나는 역부족이었다.

결국 밤벨은 먼지를 뒤집어쓰고 좁은 집에서 이리저리 밀리고 구박받으며 오랫동안 혼자 서 있었다. 내 방이 생기면서 편한 자리에 자리 잡고 앉아서 잠깐 사랑 좀 받고 하여 생기를 얻었지만, 또다시 버림받고 방 한 면의 장식품으로 전락하고 말았다.

이사를 가게 되었을 때, 나는 이 밤벨에게 자유와 생명을 줄 방도를 생각했다. 고맙게도 교회 어린이방에서 밤벨을 사용하고 싶다고 연락해 왔다. 밤벨이 교회로 가던 날, 나는 잘 기르지 못해 늘 미안한 딸을 시집보내는 어미의 심정이었다.

30년 세월에

처음 이 집에 올 때—

민영이 열여덟 살. 저는 꼭 교수가 되겠다는 고등학생이
었고,

서영이 열여섯 살. 화가가 되겠다는 꿈이 영글어 가는 중
학생이었고,

지영이 열한 살. 돈이 많아져서 식구들이 원하는 것은 다
해 주고 특히 누나에게는 조각을 할 재료를 화차로 실어다
주겠다고 온갖 약속을 다 해 대는 초등학교 귀염둥이 꼬마
였는데….

이렇게 지금 보니 모두 꿈을 이루어 가고 있는 중년의 나
이가 되어 있구나.

우리 내외는 일흔의 고갯마루에 서 있고.

마지막 김장

수유리 집에서 하는 마지막 김장.

외숙모님이 그러셨다. 여자가 시집가서 김장 서른 번하면 인생이 다 간다고….

나는 여기서 김장을 서른한 번 했다. 이번이 서른한 번째 김장이다.

그러고 보면 나는 여기서 내 인생을 다 보낸 것이로구나.

일거리 벌여 놓고 무언가 미진한 것 있어 그것 마무리하느라 돌아서 있는 내 모습.

내 삶의 과정 중 지금이 아닌지.

모두 모여 앉아서

우리 내외 둘이서 마흔의 고갯마루에 막 올라설 즈음 아들 둘, 딸 하나 이렇게 세 아이들을 데리고 이 집에 들어왔다.

아이들은 자라고 성가해서 각기 제 세상을 이루었고, 이제 우리는 늙어 이 집을 떠난다.

수없이 오르내렸던 이 작은 계단에 모두 모여 앉았다.

다섯 식구였는데, 지금 열네 식구가 되어서—

하나하나 얼굴들.

새삼 고맙고 대견하구나.

이 집을 마련해 주셨던 아버님도 하늘에서 내려다보시며 방긋 웃으시리라.

이사를 기다리며

2008년 3월 25일.

세 아이를 거느리고 마흔에 들어섰던 우리는 이제 가지와 잎을 다 떨구고 겨울 준비하는 나무처럼 일흔의 노부부가 되어 마당을 지키던 산수유 한 그루 뽑아 싣고, 고향 집 경기도 안성시 미양면 보체리 12번지를 '석가헌(夕佳軒)'이라 이름 짓고 현판을 만들어 놓고 이사할 날을 기다리고 있다.

夕 佳軒.

이사할 보체러 집을 夕佳軒 이라 이름 짓고

현판을 만들어 놓고 이사할 날을 기다리고 있었다

저녁이 아름다운 집, 석가헌

2008년 이른 봄날

경산과 나는 서울 생활을 접고, 경산이 나고 자란 고향 집 보체(保體)로 돌아왔다.

남편으로서는 열아홉 살에 대학에 들어가면서 거의 반세기를 떠나 있던 생가로 돌아온 것이다. 남편과 함께 읍내로 자전거 타고 학교 다니던 어릴 적 친구가 고향을 지키고 있다가 우리 내외를 반겨 주었다. 옛 시절부터 낯익은 얼굴들이 있는 이 고향 집, 아버지 어머니께서 서 계시던 그 마당으로 돌아오며 남편은 한없이 따뜻하고 안온했을 것이다. 전쟁터에서 돌아온 병사의 심정이었을지도 모르겠다.

경산은 평화로운 마음으로 여기서 10년을 살았다.

고향 마을을, 고향 사람들을 마음속 깊이 사랑하고, 사랑받으며 그렇게 충만하게 10년을 살다가 국화가 피기 시작하는 어느 가을날 홀연히 떠나갔다.

그 10년을 돌아본다.

대문

대문에 '석가헌(夕佳軒)'이라 현판을 달았다.
　이사하기 얼마 전 남편이 써서 만들어 놓은 것이다.
　이사하던 그날 이것을 대문에 달았다.

　이제 이 집은 석가헌이다.
　저녁이 아름다운 집.

거처를 옮겼습니다

새집에 '석가헌' 현판을 달고 나니, 그제야 '오긴 왔구나.' 싶었다. 드디어 보체에서의 생활이 시작되는 듯했다. 현판을 달고 난 다음 남편이 한 일은 새로이 단장한 우리의 거처를 지인들에게 알리는 것이었다.

아래는 보체로 이사하고서 남편이 지인들에게 보낸 인사장이다.

서울 수유리 생활을 아쉽게 접고 거처를 경기도 안성 생가로 옮겼습니다.

무슨 별다른 환향의 뜻이 있어서가 아니라 조상 묘역을 지켜야 하는 묘지기의 입장을 소홀히 할 수 없었고, 마침 수유리 집이 개발로 헐려 어찌할 도리가 없었습니다.

아버지 사시던 집을 조금 손을 봐 공부방을 마련하고, 30년 꽃 피던 산수유 한 그루만 뽑아 싣고 늙은 아내와 함께 고향에 염치없이 돌아왔습니다.

소찬이나마 마련하여 따로 하루 모시겠습니다만, 아직 어수선하여 우선 인사드립니다. 지나시는 길 있으시면 들러 주십시오. 항상 빗장을 열어 두고 기다리겠습니다. 얼마나 반가울까요.

보체리 석가헌에서
정진규 절

기유재에서 석가헌으로

1.

지금 석가헌 이 자리는 300여 년 전, 조선 정조 때 명신이자 우의정을 지내신 표천공(瓢泉公) 홍(弘) 자 순(淳) 자 어른이 낙향하여 거하셨던 기유재(己有齋) 터다. 원래 그분의 아버님 묘를 지키는 묘지기의 집터였다고 한다(이 주위의 땅들은 그분이 임금님으로부터 하사받은 것이란 말을 들었다).

처음에는 묘지기 집이었지만, 나중에 홍순 어른이 한양 회동(지금의 서울 회현동)에서 이곳으로 오셔서 지금까지 그 후손들이 이어 살아온 집이다.

이 집에서 내 시아버님이 태어나셨고, 남편의 형제들이 태어나고 자랐다. 내가 시집올 때 처음 본 이 집은 너무 낡고 무서웠다. 전체적으로 어두컴컴했고 밤이면 천장에서 쥐들이 난리를 치고 뜨르륵뜨르륵 몇 마리씩 한꺼번에 내달리는 소리에 잠을 설치기도 했다. 대청마룻바닥은 오랜 세월로 인한 때로 새까맣게 반들거렸고 약간의 틈도 있고 비뚤어진 곳도 있고 삐걱삐걱 소리도 났다.

안방 쪽으로 한편에는 꺼멓고 오래된 삼층장이 놓여 있었다. 꺼먹장이라 불렀다. 그 속에 북어나 김 같은 건어물 반찬거리를 보관했다. 때로 아버님 진짓상에 올리고 남은 귀한 반찬을 다음에 또 드리려고 잠깐 보관하기도 했다. 나는 꺼먹장도 무서웠다. 그 장 문에 한 번도 손댄 적이 없었다. 그것은 어머님만의 성지 같은 곳이었다.

대청을 사이에 두고 안방과 건넌방이 있었고 부엌이 안방에 붙어 있었다. 건넌방 쪽에는 사랑과 이어지는 어두운 복도가 있었다. 안방 동쪽으로는 널찍한 툇마루가 달려 있어 생활에 아주 유익한 공간이었다.

이 본채 바로 그 자리에 지금의 석가헌이 서 있는 것이다.

옛날의 기유재는 이 본채를 중심으로 사당, 큰사랑, 작은사랑, 머슴방, 식모방, 곳간, 광, 방앗간, 마구간, 문문간, 외양간, 돼지우리, 닭장 등이 자리 잡고 있었다.

이 댁 셋째 따님이자 나의 시누이 되는 진희 아가씨가 어릴 적 살던 이 집 구조를 떠올리며 옛집 평면도를 그렸다

(130~131쪽 참조). 기억이 아른거려 정확하다고 자신할 수 없다지만 그리 다르지는 않을 것 같다. 옛집의 공간을 누리며 살았던 분들은 지금은 거의 돌아가셨고 옛날의 희미한 기억을 떠올리는 사람도 별로 없다. 그저 진희 아가씨가 그린 평면도를 보면서 그때를 짐작해 볼 뿐이다.

2.

기유재는 300여 년이라는 오랜 세월 동안 이 자리에서 이 집안의 역사와 식구들을 감싸고 있다가 수명이 다하여 헐리게 되었다.

돌아가신 아주버님께서 집을 헐고 이 자리에 새집을 지어야겠다고 하셨고 아버님도 동의하셨다. 어머님께서는 돌아가셨고, 아버님께서 속현을 하셔서 새어머님이 들어오셨다.

남편은 이 댁 둘째 아들이었지만 집안 살림에 별 관심도 발언권도 없었다. 집안일은 거의 아버님과 아주버님께서 의논하시고 결정하면 그대로 진행되었고 그 결정에 토를 달 만한 위치에 있는 사람은 누구도 없었다. 나 역시 내 코가 늘 석 자씩 빠져 있어서 시댁의 일은 먼 산의 일이었다.

어느 날 집을 다 헐었다는 소식을 들었다. 남편은 몹시 서운해했다. 가타부타 말은 않고 가끔 "사진이라도 찍어 남겼나?"라는 말만 중얼거리듯 했을 뿐이었다. 나는 원래 그 집에 대한 애정도 관심도 별로 없었는데, 어째 좀 섭섭하기는 했다. 그 집이 헐렸다는 말을 듣는 순간 돌아가신 시어머님의 얼굴이 떠올랐고, 어머님의 얼굴이 몹시 슬프게 느껴졌다.

완성된 새집은 하얀 화강암이 붙여진 얌전한 문화주택이었다. 부엌은 입식이고, 집 안으로 수도가 들어와 세수는 물론 목욕까지도 집 안에서 할 수 있게 되었다. 새어머님께서 기뻐하시는 모습이 보였다. 이 집에서 아버님과 새어머님이 거의 30년 가까이 사셨다. 그 후 아버님이 소천하셨고, 얼마 동안은 새어머니 혼자 이 집을 지키셨다. 지은 지 30년이 넘어가니 집에도 여기저기 탈이 나기 시작했다. 새로운 건축법으로 잘 지어진 신식 집들과 비교하면 불편한 구석이 한둘이 아니었다.

결국 이 댁 셋째 아드님 진석 서방님이 나서서 지금의 집을 짓게 되었다. 2006년의 일이다. 원래의 테두리를 그냥 두고 구조도 크게 바꾸지 않고 증축의 형식으로 2층을 올리고⋯. 그래서 지금의 집이 된 것이다.

　　왜 그랬는지 모르겠지만, 이 집을 짓는 동안 남편은 모든 일을 동생에게만 맡기고 별 관심을 보이지 않았다. 시동생도 남편과 집 짓는 일에 대해서 별 의논도 하지 않는 것 같았다. 그래서 집 짓는 현장에는 남편 대신 내가 자주 갔었다. 어느 날 건축 현장 다녀와서 내가 써 놓은 것이 있다. 지금 보니 좀 불안했었던 것 같다.

　　어제 안성 집 짓는 데에 다녀왔다.

　　역시 아무리 봐도 너무 크다. 대문은 너무 엄청나고⋯. 집은 아직 모습을 드러내진 않았지만 무뚝뚝하니 떡 버티고 서서 정이라곤 없을 것 같다.

　　무거운 마음으로 돌아왔다. 밤새도록 불안했고 아침에 신문을 보니 온통 나라가 흔들리는 소리에 더 불안해져서 힘들었다.

아침밥을 먹으며 남편에게 말했다.

여보, 아무래도 집이 너무 커요. 난 좀 불안해.

남편이 대답했다.

이제 나무들도 들어서고 다듬어지면 괜찮을 거야. 동산에 집 한 채 서 있는 것이니까.

동산에 집 한 채. 아, 마당을 동산으로 내놓으니 이리 편하구나. 그 큰 땅을 내 안마당으로 껴안으려니 팔은 짧고 가슴은 새가슴인데….

그리 버겁고 불안했는데 동산으로 밖에 내어 놓고 그 안의 작은 집 한 채로 들어앉혀 놓으니 들끓던 내 마음이 조용히 가라앉는 듯하다.

아, 마음. 참으로 불가사의한 마음이다.

이렇게 이 집이 있게 되었다.

이 집을 짓는 동안 새어머님 계실 곳으로 본채 옆자리에 작은 별채를 먼저 하나 지었다.

이제 집이 다 되었으니 본채로 옮기시라 말씀드렸더니 어머님께서는 완강하게 거절하셨다.

"난 이곳이 좋다. 살아 보니 편하고 나 혼자 살기에 이만한 곳이 없다. 나는 그냥 여기에서 살란다."

이런 이유로 가끔 우리가 고향에 갈 때 본채에 머무르곤 했다. 평상시에는 근처에 살고 있던 진석 서방님 내외가 청소하고 거풍하는 등 관리를 도맡았다. 그렇게 한 2년을 지내다가 우리가 살던 수유리 집이 갑자기 팔리게 되었다. 새집을 보러 다니던 중 서방님 내외와 의논 끝에 우리가 이 집으로 이사하기로 했다. 얼떨결이라는 말이 딱 맞게 우리는 갑자기 이 집에 둥지를 틀게 되었다.

남편은 이 집으로 와서 비로소 본처로 돌아온 듯해 보였다. 마음이 안정되는 것 같았고, 차츰 집에 정들이고 있었다. 베란다 기둥마다 당신 시집 제목을 쓴 주련을 달았다. 멋없던 벽돌 건물에 고풍스런 분위기가 도는 것 같았다.

남편의 친구, 제자들이 집들이 인사 오면서 꽃나무 선물을 많이 했다. 그것들을 심고 가꾸는 것이 큰 기쁨이었다. 남편 말대로 나무들이 들어서고 남편의 손길이 닿으니, 썰

렁하던 집도 아담해지고 황량하던 마당은 아름다워지기 시
작했다.

3.

남편은 이 집을 석가헌이라 이름하고 대문에 현판을 걸었
다. 기유재는 이제 석가헌이 되었다.

　한 매체와의 인터뷰에서 기자가 남편에게 집 이름을 왜
석가헌이라 지었는지 물었다.

　"저녁 석(夕) 자, 아름다울 가(佳) 자. 내 인생도 이제 저
녁이 되었으니 나도 아름다운 사람이 되자는 마음에서 지
었지요."

　석가헌이라 이름한 그의 마음 한편에는 당신의 아름다운
노년을 꿈꾸기도 했던 것이다.

　경산은 이 집에서 꼭 10년을 살았다. 그의 저녁 시간은
늦게까지 아름다웠다.

기유재 현관.

보체길 69-2. 우리 집 대문 앞의 내 모습.
130~131쪽: 진희 아가씨가 그린 옛집 평면도.

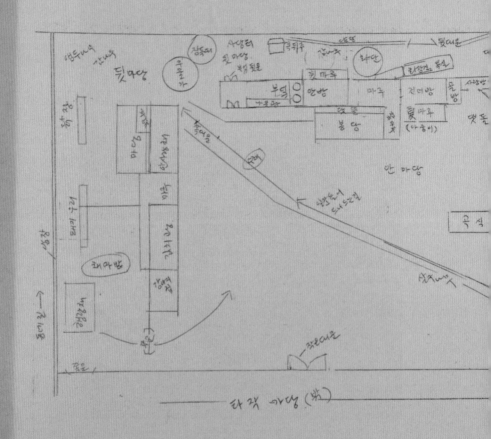

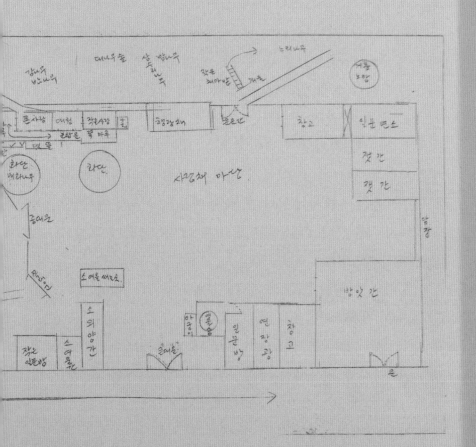

마당

대문 열고 들어서면 바로 마주하는 본채 앞 널찍한 안마당. 지금은 잔디가 깔려 있지만 이 집이 막 완성된 그때에는 잘게 부순 돌들이 깔려 있었다. 보기에 황량했고 거닐기도 힘들었고 한여름 뙤약볕이 내리쬐면 그 열기가 무서웠다. 언젠가부터는 거기에 풀이 나기 시작하니 잡초 제거가 보통 일이 아니었다. 돌바닥이니 보통 호미로는 어림없어서 대장간에서 아주 튼튼한 선호미를 맞춰 왔다. 남편이 그것으로 잡초를 캐냈다.

선호미의 자루가 부러져 새로 갈아 끼우기도 하고 날이 다 닳아서 새로 구하기도 했다. 다 닳아 못 쓰게 된 선호미를 버리려 하니, 남편이 웃으며, 나중에 당신 박물관이 생기면 그때 이것을 전시해서 당신이 얼마나 일을 많이 했는지 증거물로 쓰게 그냥 두어라 해서 내가 한참을 웃었다.

나는 이 마당이 불편했다. 한겨울, 눈이 소복이 쌓여 온통 하얀 눈밭인 데에 새 발자국만이 찍혀 한 폭 동양화를 이룰 때를 제외하곤 늘 버거운 곳이었다. 옛날 집 흙 마당이 늘 그리웠다. 새벽 일찍부터 머슴이 비질하는 소리가 들리고, 일어나 보면 빗자루 무늬가 나 있는 그 고운 색깔의 흙 마당이면 좋겠다는 생각을 했다.

때로는 어린 아가씨들이 옹기종기 모여 앉아 공기놀이를 하고, 점심때가 되면 "밥 주유!" 외치면서 마당을 가로질러 들어오는 진민이 아가씨 목소리도 들리고, 어쩌다 낮에 머슴이라도 들어오면 어머니께서 서둘러 나를 댓돌 위로 올라서게 하셨던 그 마당.

나는 이런 이야기를 남편에게 털어놓았다.

"그건 꿈으로만 간직해야겠네. 지금 우리가 무슨 수로 그런 마당을 만들고 건사할 수가 있겠어?"

남편은 그러고서 얼마간 고민하더니 어느 해인가 잔디를 심어 버렸다.

큰사랑채 앞마당도 그립다. 사람들이 잘 드나들지 않아서 가장자리에 어쩌다가 풀도 좀 나 있었던, 그러나 반듯하고 고풍스런 사랑채를 받들고 문문간, 긴 헛간 등이 둘러싼

고즈넉한 사랑 마당. 가을이 깊어지면 이 마당에서 숯을 구웠다. 통나무를 쌓고 그 위에 겉벼를 산만큼 쌓아 올렸다. 그 안에서 불이 어떻게 붙는지는 보지 못했다. 쌓아 놓은 겉벼 사이로 몇 날 며칠 연기가 새어 나오다가 결국은 노오랗던 겉벼의 산이 온통 까매지고 연기는 그친다. 얼마쯤 지나 타 버린 겉벼를 헤치고 붉은 숯을 집어낸 다음 큰 독에 담아 입구를 막고 또 얼마를 기다리면 까만 숯이 된다. 이 숯으로 겨우내 화롯불을 피우며 귀하게 썼다.

숯을 굽는 동안 가장자리부터 타들어 가는 겨를 조금 들춰 고구마, 감자, 밤 등을 묻어 구워 먹으면 기막히게 맛있었다. 옛날에는 노루도 잡아 와 구워 먹었다고 어느 머슴이 말했던 기억도 난다. 옛날에는 우리 산에 노루도 많았단다.

작은사랑 앞마당에는 앵두나무가 많았다. 어린 아가씨들이 앵두를 따 먹고 치마폭에 조금씩 담아 오곤 했다. 나는 그쪽으로는 별로 갈 일이 없었다. 작은사랑 마루 한편에는 큰 독이 하나 놓여 있었는데 그건 밀가루 독이었다. 밀가루를 푸러 가거나 겨울에 작은사랑 벽장에 앉혀 놓은 연시를 가지러 갈 때 말고는 그쪽으로 간 일이 별로 없다. 큰 밀가루 독 속에는, 내겐 부끄러운 비밀이 하나 있지만 그건 지금 말로는 못 한다. 그리고 이 작은사랑에서 둘째 시누이 진순 아가씨의 큰아들 병기가 태어났다. 지독한 난산이어서 읍내 의사를 불러오고 한참 뒤에야 아기 울음소리가 났다. 그때까지 시어머니께서는 마루 끝에 쪼그리고 앉아 애태우셨다. 극히 내성적이셨던 시어머님은 신음 소리 하나 없이 가슴만 부여잡고 깊숙이 고개 숙이고 웅크리고 앉아 계셨었다.

이 작은사랑은 시아버님 시어머님이 신혼 생활을 하시던 곳이기도 하다. 현명하셨던 시할머니는 사랑하는 외아들의 신혼 생활에 배려가 깊으셨다. 새 며느리가 아침에 일어나기 전까지 누구도 이 작은사랑 근처에는 얼씬거리지 못하게 하셨단다.

그 시절 그 마당에는 대갓집 큰살림을 나타내는 장독대가 그야말로 장엄하게 놓여 있었다. 여름이면 장독대 둘레에 채송화가 만발했다.

부엌 쪽으로는 우물이 있었다. 동네 사람들은 집 안의 우물을 무척 부러워했다. 집 안의 우물은 일꾼 하나의 몫을 한다고 했다. 날이 따뜻할 때면 여기서 설거지를 했다. 그 많은 그릇을 그냥 늘어놓고 물을 풍풍 퍼서 설거지를 하면 손쉽고 시원했다. 언젠가 내가 숟가락 하나, 젓가락 한 벌까지 설거지 거리를 전부 세어 보니 무려 600여 개나 되었다.

낮이면 이곳은 빨래터가 되고, 끼니때가 되면 온갖 푸성귀, 김칫거리가 짐짝으로 들어오던 곳이었다. 장독대와 우물을 거느리고 있던 그 시절 마당 풍경.

가을이면 붉은 고추를 넣어 말리고, 깨를 털어 말리고, 무말랭이 널어 말리고…. 온갖 먹을 것을 갈무리하던 마당. 햇빛 좋은 날이면 커다란 멍석에, 둥구미에 늘 무엇인가 널려 있던 반반한 그 마당.

한여름 저녁때에는 마당 한쪽에 커다란 멍석을 깔고 다같이 저녁을 먹었다. 시아버님 진짓상 옆으로 둥근 두레상이 놓이면 식구들이 둘러 앉아 저녁밥을 먹는 것이다. 해질 녘 그늘지고 바람 시원한 마당에서 먹는 저녁을 아버님께서는 좋아하셨다. 여기서 먹으면 밥맛이 유난히 좋다고

하시며 호박잎쌈을 잡수시던 모습이 눈에 선하다. 그때의
그 풍경이 한량없이 평화롭고 그립게 다가올 줄 몰랐었다.

산수유

안성 집으로 이사 간다 했을 때 남편의 제일 큰 걱정은 마당의 산수유였다.

"이걸 어쩌나…. 이 나무를 데려갈 수 있을까? 같이 가면 좋겠는데…."

정원사와 의논하니, 정원사는 옮겨 심어 살 수 있을지 장담할 수 없다고 했다. 하지만 결국 싣고 가기로 했다.

수유리 마당에 있었던 산수유를 석가헌 대문 옆 좀 떨어진 곳에 심었다. 최창균 시인의 힘이 컸다. 그는 자기가 어떻게든 살려 보겠다고 남편에게 용기를 주었다. 그는 귀한 비료를 구해다 차바퀴가 터질 만큼 싣고 와서 나무 주위에 뿌리고 수시로 와서 살피는 등 온갖 정성을 쏟았다. 그를 돕는 남편의 정성도 눈물겨웠다.

두 남자의 지극정성에도 산수유는 몸살을 몹시도 앓았다. 꽃을 피우기는커녕 몇 년 동안이나 시들시들했다. 검게 탄 이파리는 보기 안타까운 몰골이었다. 남편은 날마다 산수유를 살피고, 그것만으로도 모자란지 마루에 서서도 물 끄러미 바라보았다. 여름날 비가 오지 않으면 수도에 호스를 연결해 끌고 와 물을 주었고, 봄날 어쩌다 나온 새잎을 보면 손자 보듯 좋아하는 한편 가슴 졸였다. 그러기를 3~4년. 어느 해 봄날 산수유 가지에서 힘도 없고 드문드문하지만, 어쨌든 노오란 꽃이 피었다. 그러면서 서서히 살아나기 시작했다.

수유리 살던 시절 보았던 붉고 풍성한 산수유 열매. 겨울에 눈 오면 하얀 눈 고깔을 쓴 그 고운 열매들이 나무 전체를 기막힌 예술품으로 만들어 주곤 했다. 우리 집 마당의 산수유는 아직까지 그런 모습은 보여 주지 않았지만, 그래도 살아남아 남편을 기쁘게 했다.

운용매

어느 해 이른 봄날, 구재기 시인이 매화나무 묘목 하나를 가져다가 우리 집 앞마당 한쪽, 마루에서 내다보면 잘 보이는 곳에 심어 주었다. 귀한 '운용매'라고 했다. 두 그루를 구했는데 한 그루는 자기 집에 심고, 한 그루는 경산 선생님께 선물하려고 가져왔다며 정성 들여 심었다. 나는 묘목을 요모조모 살펴보며 가지가 구불구불한 것이 마치 용이 꿈틀거리는 모양이어서 운용매라 하나 보다 생각했다.

심었던 그해에는 꽃도 몇 송이 피지 못했고 열매는 서너 개 남짓 열렸다. 그래도 그 열매를 보며 '매실은 분명 매실이구나.' 하면서 웃었던 기억이 있다. 그 이듬해 봄에는 꽃도 제법 피었고 한여름에 열매도 실해서 당당히 매화의 모습을 보여 주었다. 주목나무와 배롱나무 사이에서 주목의 한쪽을 가리듯 서 있는 운용매. 지금은 제법 자태도 튼실하고 이른 봄부터 꽃도 화사하고 열매도 더 풍성해졌다.

이 꽃나무로 하여 남편은 다음과 같은 시를 썼다.

어쩌나 서산 구재기 시인네 야서(野墅), 운용매는 눈뜰 생각
조차 하지 않는다 하였다 우리 집 운용매는 지금 저토록 한
창이라고 서둘러 꽃소식을 전갈하고 나서 받은 이 서운한
응답이 며칠째 사뭇 언짢았다 쓸쓸해졌다 큰 꽃은 모호한
침묵으로 오래 머문다는 말로 위로하긴 했으나 소식도 이럴
수가 있다 같은 해 봄날 구재기 시인이 나누어 준 꽃나무였
다 괜한 짓 했다 우리 집 운용매가 초라해 보였다

—정진규, 「꽃소식」

구재기 시인네 운용매는 끝내 살아내지 못하고 먼 길 떠
나고 말았단다.
경산은 이 꽃나무를 보면서 그냥 늘 무언가 미안해했다.

향나무와 옥잠화

'이 향나무 나이는 얼마나 되었을까?'

　마당 한쪽의 향나무는 여름이면 짙은 그늘을 드리워 몸너무 뜨거워 눈도 못 뜨는 잔디를 살랑거리게 한다.

　나는 가끔 이 그늘에 자리 깔고 앉아 보이는 것을 그냥보고 떠오르는 생각을 그냥 좇기도 하고 슬퍼지면 슬퍼하고 외로워지면 외로워하고 '이럴 때 눈물이라도 나면 좀 좋아?' 하다가 슬그머니 일어나 옥잠화 향기를 맡으며 집으로 들어간다.

　향나무 옆에 다소곳하게 모여 앉은 옥잠화는 이해인 수녀의 시처럼 향기로 나를 부른다.

　바삐 밭을 가려고 이 앞을 지날 때, 옥잠화는 향기로 내게 말을 건다. 나 여기 왔어. 내 옆에 좀 앉아 있다가 가.

　나는 놀라 고개를 돌린다. 옥잠화가 그 긴 목을 늘려서 눈부신 흰빛으로 나를 바라보고 있다.

언제 왔어?

나는 반가워 가슴이 설렌다.

나는 일거리를 손에 든 채 그 향기에, 그 눈부신 길고 하얀 목에 사로잡혀 그냥 멍하니 서 있다. 코허리가 시큰해지고 슬픔 같은 것이 올라오면 가만히 몸 돌려 밭으로 간다.

새들도 유기농을 좋아해

우리가 이곳으로 오던 그해 겨울에는 눈이 참 많이 왔었다. 한번은 사흘간이나 눈이 쌓여 교통이 두절되었다. 택시가 동네로 들어올 수가 없어 남편은 서울로 출근하지 못하고 집에만 갇혀 있었다.

새들도 날아오지 못할 만큼 눈이 왔다. 우리 집 마당에 늘 놀러 오던 그 많은 새들은 어디로 갔을까. 무얼 먹고 견딜까. 나는 문득 냉동실 한가득 보관해 둔, 손자 상현이가 만든 빵이 생각났다. 요리를 좋아하는 꼬마 요리사 초등학생 상현이는, 우리 식구 모두가 맛있게 먹을 것이라며 빵을 아주 많이 만들었다. 그런데 어찌 되었는지 맛이 너무 없어서 아무도 먹지를 않았다. 이걸 어쩌면 좋으냐고 상현이 어미가 걱정을 하기에, 내가 이리 가져오라 해서 냉동실에 넣어 놓고 조금씩 먹다가 그냥 둔 것이었다.

빵을 꺼내 녹인 후에 작게 잘라서 눈 쌓인 마당 위에 널어놓았다. 그랬더니, 얼마 후에 새가 몇 마리 날아와 먹는 것 같았다. 나는 하도 반가워서 그 모습을 창문 너머로 내다보았다. 얼추 다 먹었는지 눈 위에서 종종거리던 새들이 날아가고 마당은 다시 한없이 조용해졌다.

얼마쯤 지났을까, 푸득거리는 요란한 소리에 다시 마당을 내다보니 아, 이게 웬 장관인가. 널따란 마당을 뒤덮을 듯 많은 새들이 몰려와 빵을 쪼아 먹는 것이었다.

나는 냉동실의 빵을 모조리 꺼내 잘게 자른 다음 마당에 내놓았다. 이튿날에는 묵은 곡식을 널어놓았다. 그러고 있는데, 시인 한 분이 찾아오셨다. 눈에 갇혀 어떻게 지내시는지 너무 궁금해 견딜 수 없었다며…. 남편은 새들이 유기농 빵을 다 먹어 버려서 이제는 줄 것이 없다고, 한겨울 이럴 때 새들은 무얼 어떻게 먹고 사는지 걱정을 했다.

그다음 날, 어제 왔었던 시인이 새우깡을 한 보따리 사서 안고 왔다. 이거라도 먹이시지요. 그가 새우깡을 마당에 펼쳐 놓았다. 새들이 몰려오기를 기다렸지만, 며칠이 지나도 새는 한 마리도 얼씬하지 않았다. 쌓였던 눈이 녹아 가고, 마당 위의 새우깡은 젖다가 마르다가 얼다가 그냥 마당에 뒹굴고 있었다.

　오랜만에 놀러 온 동서에게 이런 일이 있었다며 그간의 이야기를 들려주었더니, 동서가 하는 말.

　"형님, 그 새도 안 먹는 새우깡 저 좀 주세요. 나 좋아해요."

　우리는 깔깔 웃으며 남은 새우깡을 맛있게 먹었다.

장독대

장독대 자리는 옛날부터 이 자리라 했다. 내가 시댁에 처음 왔을 때도 이 자리였다. 마당 위로 약간 솟아 있었고 네모진 모양이었다. 뒤쪽에는 커다란 대독들이 즐비하고 앞쪽으로 나올수록 독의 크기가 작아지고 맨 앞은 작은 항아리들이 나란히 모여 앉아 있는 듯했다. 날마다 닦아서 독은 윤이 반지르르 흘렀다.

　해 좋은 여름날, 장독 둘레에 풍성하게 피어 있는 채송화는 그 예쁜 얼굴을 쳐들고 있었다. 뚜껑 열린 장독에는 하늘이 비치고 구름이 지나갔다. 자그마한 독마다 몇 년씩 묵은 된장 햇장 고추장 막장 등 각종 장들이, 그리고 온갖 저장 밑반찬들이 꼭꼭 눌러 담겨 있었다. 장독대는 그 집 살림 규모를, 집안 안주인의 살림 솜씨를 한눈에 알게 해 주는 곳이었다. 한겨울 눈 쌓인 장독대의 모습도 참으로 그림이었다.

시어머니께서 살림을 하실 때까지 장독대는 이 집안 생활 공간의 중심이었고 그 당당한 풍모가 대단했다. 그런데 시어머니께서 중풍으로 두 번째 쓰러지시던 그해에 큰 변이 일어났다. 장독대 가장 뒤쪽에 있던, 30년 묵은 대독 속의 진간장에서 일어난 일이었다. 조청같이 새까맣게 진한 간장이 갑자기 묽어지더니, 간장 맛이 사라지고 구정물같이 변해 도저히 간장이라고 할 수 없게 된 것이다. 하는 수 없이 다 퍼 버렸다. 누구도 입을 벌려 뭐라 말하지 못했다. 어머니는 결국 돌아가시고야 말았다. 장독대의 주인이 사라지니 빈 독만 늘어 가고 장독대는 점점 위풍을 잃더니 초라하게 되었다.

옛집을 헐고 새로 문화주택이 들어서면서 장독대 자리에 벽돌로 타원형의 구획을 나눠 판판히 했다. 지금은 장이 들어 있지 않은 빈 독 몇 개로 모양만 갖춰 옛 장독대 자리임을 표시하고 있을 뿐이다. 채송화 대신 원추리가 둘레를 치고 쓸쓸히 옛날 영화의 자리를 지키고 있다.

목뒤주

정홍순 어르신이 기유재를 세우신 후부터 지금까지 약 300여 년간 이 공간에서 일어난 모든 일들을 다 보고 듣고 묵묵히 여기 서 있는 존재가 있다. 바로 목뒤주다. 옛집을 허물고 새집을 지을 때 지금의 자리로 옮겼고, 원래는 지금 별채 옆쯤, 옛 사당 터 근처에 있었다.

내가 시댁에 들어와서 본 여러 가지 중 이 건물(?)이 가장 마음을 끌었다. 집도 아니고, 방도 아니고, 창고라 할 수도 없고, 곳간이라 하기도 그렇고, 열고 닫는 방법도 특이하고, 쓰임새는 많고, 겉으로 보기에 참 묘하고 예쁘기도 하고 고풍스럽기도 하고…. 그런데 이름이 목뒤주란다. 목뒤주라…. 그러면 이것이 나무로 된 뒤주라는 뜻인데, 뒤주는 다 나무로 만들지 않나? 특별히 목(木) 자를 붙인 이유가 무얼까? 게다가 이렇게나 큰 뒤주도 있나? 더구나 마당에?

시어머님께 여쭤보았다. 어머니, 왜 목뒤주라 해요? 그러나 시어머님으로부터 시원한 대답을 들은 기억이 없다.

이 목뒤주 안에는 큰 목궤들이 있었는데, 그 안에는 조상들이 받으신 많은 교지(教旨)들이 두루마리로 보관되어 있었고, 약간의 고서들도 있었던 것으로 기억한다. 바람 좋은 가을날 아버님께서 아들들을 시켜 이것들을 밖으로 내와 거풍시키기도 했었다.

어떤 궤에는 제기들로 가득 차 있었다. 차례 때나 제삿날 제기를 꺼내 닦았다. 목기도 있었지만 도기나 유기로 된 제기가 대부분이어서 이것들을 닦는 일이 큰일이었다. 특히 유기는 기왓장을 잘게 부순 가루를 짚에 묻혀 닦는데 그야말로 밤을 새워서 닦아야 했다. 불그스레하고 거칠어 보이던 제기에서 은빛이 돌기까지 수만 번을 문질러야 했다.

이 밖에도 당장 먹을 쌀가마도 몇 쌓여 있었다. 가을이면 고추나 곡식이나 그 외에 말려서 보관해야 하는 먹을거리들이 다 마를 때까지 목뒤주를 들락거려야 했다. 아침에는 밖에다 펴서 말렸다가 해 떨어지기 전에 거둬 이곳에 두었다가 그러기를 가으내 했다.

나는 시댁에 와서 처음으로 목뒤주 여닫는 일을 해 봤는데, 너무 힘에 부쳤다. 그 길고 무거운 널빤지들을 하나하나 빼놓았다가 다시 끼어 넣는 일이 온 가을이 다 가도록 반복되었다.

　　남편과 내가 보체로 오던 그해에 목수를 불러 이 목뒤주의 수리를 맡겼다. 목수는 감탄하면서 이 귀물이 오래갈 수 있도록 정성스레 손보고 있었다. 그러던 어느 날 그가 마당에서 무언가 하고 있는 나를 소리쳐 불렀다. 뭔가 긴장된 듯도 하고 들떠 있기도 하고 좀 놀라기도 한 것 같은 큰 소리로 "빨리 좀 와 봐요." 하는 것이었다. 놀라 뛰어가 보니 목수는 목뒤주 아랫부분을 가리키며 "이것 좀 보세요." 한다. 그가 가리킨 부분은 마치 새살이 돋은 것처럼 기막히게 아름다운, 자줏빛이 약간 도는 분홍색이었다.

　　"나무 때를 좀 벗겨 내려고 닦았더니, 글쎄 이런 색이 나오잖아요. 이 나무는 이걸 처음 지었을 때의 그 나무 같아요. 300년은 족히 되었을 거예요."

목수는 긴장감과 감탄이 섞인 얼굴로 잔뜩 상기되어 있었다. 나는 얼이 다 빠져서, 어린 소녀의 살 같은 소나무의 빛깔을 아무 말도 못 하고 바라보고만 있었다.

모년봉춘 심축유년

현관에서 집 안으로 들어서면 오른쪽 벽에 여덟 글자의 어필(御筆) 족자를 유리 낀 액자에 넣어 걸어 놓았다.

某年逢春(모년봉춘)
深祝有年(심축유년)

영조가 77세 되던 해인 1770년 12월 19일.
"늘그막에 봄을 맞이하니, 풍년 들기를 축원하네."라는 큰 글씨를 써서 목판에 새겨 찍어 낸 뒤 족자로 만들어 입시한 신하들에게 나눠 주었던 것이다.

족자 한쪽에는 "우참찬 정홍순에게 어필을 내린다(內賜 右參贊 鄭弘淳)."는 첨기(添記)가 있다.

거실

남편이 출타하지 않는 날, 그는 대부분의 시간을 거실 한쪽에 놓인 검은 소파에 앉아 있었다.

검은 소파 위로는, 300년도 더 된 기유재기(己有齋記) 목판이 맨 위에 걸려 있고 그 아래로는 표천공과 그분의 칠대손 은암공(隱巖公. 경산의 아버님이신 나의 시아버님)이 나란히 계셔서 자손들을 내려다보셨다.

남편은 집에 있는 날은 종일 이 두 분 사진 아래에 있는 소파에 파묻힌 듯 앉아서 글을 쓰거나 읽고 텔레비전을 보았다. 아니면 꾸벅꾸벅 졸거나 마당을 내다보며 차를 마시고…. 그러다 손님이 오면 반갑게 맞아들였다. 이 소파에는 그의 체취가 아직도 남아 있다.

소파 앞에 놓인 탁자는 거기 쌓인 책들 때문에 그 자리에 탁자가 있는 줄도 모를 정도였다. 그리 좁지 않은 마루에도 책이 산더미로 쌓여 있어서 손님이 오시면 빈자리 찾아 앉게 할 수밖에 없었다.

거실 한쪽이 부엌이고 따로 가림막이 없으니 부엌과 거실이 한 공간이라 해도 다르지 않았다. 나는 부엌을 내 공간으로 지켜 내느라 소리 없는 전쟁을 겪었다.

이제는 나 혼자 앉아 있을 때가 많은 거실 소파.

부엌일하고 있는 나.

안방

경산이 기거하던 안방.

침대에서 눈뜨면 동쪽으로 난 큰 창문을 통해서 오래된 느티나무가 통째로 눈에 들어온다.

그의 하루는 창 너머 느티나무와의 만남, 지인과의 통화, 아침을 여는 기도… 이런 것들로 시작되었던 것 같다. 천천히 일어나 침대에 걸터앉아서 무엇이든지 하다가 한참 만에 일어나 거실로 나왔다.

남편이 기거하는 동안에는 방 안 가득 책이 쌓여 있고 누구 한 사람 앉을 자리도 없었다. 책상 위에는 그가 좋아하는 소도구들이 수북하게 놓여 있어 연필 한 자루 더 놓을 자리도 없었다. 책이나 물건들의 자리가 조금이라도 바뀌는 걸 그는 참지 못해서 나는 청소도 제대로 할 수가 없었다. 보다 못해, 그가 출타한 사이에 몰래 청소를 해 놓았다가는 불벼락을 맞았다. 내 물건에 함부로 손댔다, 여기 있던 책이 왜 저 자리로 갔느냐, 원고 한 장이 없어졌다, 여기 있어야 할 잡지가 왜 저 위로 올라갔느냐….

나는 그저 먼지만 닦아 냈을뿐더러 혹여 물건들을 흩뜨렸어도 본래 위치대로 잘 되돌려 둔 것 같은데, 남편은 자기 방이 엉망이 되었다며 불처럼 화내고 하늘이 내려앉은 것처럼 펄펄 뛰었다. 나는 그의 화가 삭을 때까지 멀찍이 떨어져 있는 것이 상책이었다. 그 먼지 구덩이에서 감기 안 걸리는 것이 이상해, 입속말로 중얼중얼하면서.

동쪽으로 난 창문을 열면 바람이 한결 시원하겠지만 그는 창문도 한 번 안 열었다. 1년 열두 달 유리창 밖으로 느티나무만 바라보았다.

남편이 기거하던 안방.

요즘에는 안방에서 내가 때때로 통화를 하거나 붓글씨를 쓰기도 한다.

식탁과 약장

서영이가 같이 일해 보니 믿음직하다며 젊은 목수 두 분을 소개했다. 아이네클라이네라는 공방을 열고 원목으로 가구를 만든다고 했다. 그들은 상품이라기보다는 작품을 만들어 파는 것 같았다. 내가 생각하는 식탁을 그들이 만들어 줄 것이라고 서영이가 말했다. 나는 그들에게 식탁과 함께 약장도 부탁했다.

그냥 잊고 있을 만큼 기다리다 보니 드디어 식탁이 도착했다.

경산은 식탁이 들어오자 여기 앉아 글도 쓰고 책도 읽다가 한쪽에 놓아두곤 했다. 그대로 두면 아마 새로 들인 식탁도 그의 책상이 될 것 같았다. 나는 그가 책 읽기를 잠시 멈추고 일어나면 남편 몰래 얼른 그가 읽고 있던 책을 다른 자리로 옮겨다 놓곤 했다.

어느 날 내 딸보다 더 딸 같은 민석 엄마가 내게 일렀다.

"아저씨가요, '여기 책 쌓아 놓으면 엄마 난리 나겠지?' 하셔서 제가 얼른 힘주어 '네!' 했어요."

남편과 나 사이에 말없는 신경전이 몇 번 오갔고, 식탁은 끝내 식탁으로 지켜졌다.

약장은 예전부터 그 자리에 있었던 것처럼 아주 자연스럽게 들어앉았다. 나는 날마다 기름걸레질하며 약장과 친해졌다.

약장 위에는 아이들 사진, 손녀 이영이와 손자 상진이가 저희 할아버지께 드린 공작품들을 올려놓았다. 남편은 아침저녁으로 그것들 들여다보며 약을 먹었다.

남편이 가고 나서는 내가 그의 사진을 놓고 아침저녁으로 그 앞에서 약을 먹는다. 남편은 아주 순해져서 내가 뭐라 하든 무슨 짓을 하든 그저 먼 데 바라보고 웃기만 한다.

식탁 옆에서 손자 상욱이와 나.

약장 위 남편이 웃고 있다.

소나무 계단

우리 집 계단은 소나무로 되어 있다. 목수가 이 집 지으면서 이 계단은 우리 집에 선물한 것이라 했다.

안성으로 내려오던 그해, 어느 날 내가 이 계단을 기름걸레로 닦고 있는데 마침 목수가 찾아왔다.

"계단에 길을 잘 들이고 계시군요."

"계단이 원목 그대로라 때가 잘 낄 것 같아서요. 색깔도 살리고 때가 끼는 것을 막으려면 이 방법밖에 없을 것 같아요. 그래도 닦으러 계단 오르내릴 때마다 소나무 향이 은은히 나는 것이 참 좋네요."

그러자 목수의 얼굴에 희색이 돌았고 이어 그가 말했다.

"소나무는 그런 나무예요. 내가 이 계단을 댁에 선물한 것이에요. 이렇게 잘 길들이고 계시니 고마워요."

한동안 나는 매일 이 계단을 올리브기름 묻힌 걸레로 열심히 닦았다. 언제부터인가 그만 잊어버리고 닦는 일도 게을러지고 소나무 향도 맡아지지 않고…. 그렇게 되었다. 아주 가끔 미안한 생각이 들면 시늉으로 기름걸레질을 하곤 한다.

나는 여기를 오르내릴 때, 특히 맨발일 때 발바닥에 닿는 그 촉감을 즐기기도 한다.

선물 받은 계단, 아, 이런 선물도 세상에는 있구나.

내게는 이 계단이 그냥 집의 일부로 보이지 않는다.

가끔 그 목수의 목소리가 여기서 들리기도 한다.

며칠 전, 서울에서 여러 시인들이 우리 집을 방문했다. 한 시인이 소나무 계단을 연신 살피는 듯했다.

"사모님, 그런데 이 계단에서 은은히 솔향기가 나네요."

나는 놀랐다.

"아, 그래요? 정말 솔향기를 느끼셨어요?"

"네, 솔향기요. 은은히 나요. 참 좋아요."

나는 또다시 놀랐다. 그 목수가 "소나무는 그런 나무예요." 했던 말이 떠올랐다.

경산시실

우리 집 2층은 남편의 서재인 경산시실이다. 이 집 어느 곳인들 남편 경산의 공간 아닌 곳이 있었겠느냐마는 이 2층 공간, 특히 마루와 '경산시실'이라 쓴 자필 현판이 걸려 있는 방은 그의 분신으로 가득 차 있다.

책꽂이에 가득한 책들, 그의 작품이 발표된 잡지들, 그가 읽은 흔적이 포스트잇에 물려 있는 많은 책들, 그의 붓글씨들, 그가 좋아하던 소품들, 그가 늘 앉아 있던 소파, 친구들이 준 글씨며 그림 액자와 같은 선물들, 주요 시상식 사진, 때로 웃음기 도는 얼굴로 바라보며 쓰다듬어 주던 수석 몇 점, 그가 가슴 아파하면서 특별히 사랑하던 딸 서영이의 작품, 예쁜 소품들, 붓글씨를 쓰기 위한 문방구, 그리고 낡은 컴퓨터와 프린터.

특히 컴퓨터와 프린터는 원래 남편이 일하던 현대시학사 사무실에 있었던 것이다. 2013년 12월, 『현대시학』 주간 일을 마무리하며 사무실에서 쓰던 컴퓨터를 집으로 가져왔다. 이 골동품 같은 컴퓨터 안에는 현대시학사에서의 25년이 녹아들어 있다. 그의 피와 땀과 그리고 눈물도 고스란히….

남편은 컴퓨터를 일절 사용하지 않았다. 절대로 배우려고도 하지 않았다. 그는 컴퓨터를 쓰지 않아도 불편한 점이 전혀 없다고 했다. 정말 그랬는지는 잘 모르겠다. 하여간 그에게는 편리성보다 더 중요한 것이 따로 있었던 모양이다. 자연스레 컴퓨터는 내 차지가 되었다. 남편에게 원고 청탁이 들어오는 일이 있으면 내가 그의 원고를 컴퓨터로 입력해 잡지사로 송고하곤 했다.

그는 경산시실 마루에서 붓으로 글씨를 썼다. 엎드려 절하는 자세로, 어쩌면 엎드려 기도하는 자세로 글씨를 썼다. 다 쓰고 나면 일어나서 물끄러미 당신의 글씨를 내려다보곤 했다. 됐다 싶으면 조심스레 낙관을 찍고 흐뭇한 얼굴로 당신의 작품을 응시하며 소파에 깊숙이 앉아 쉬곤 했다.

그는 어디건 무엇이건 썼다. 시도 때도 없이 마음 내키는 대로…. 종이에, 나무에, 돌에, 갓 구운 도자기에, 색깔도 크기도 그의 마음에 드는 것이면 무엇에나 썼다. 당신의 시, 시구, 다른 이의 글, 좋은 명언, 좋아하는 말, 깊게 생각하게 하는 구절, 가슴을 설레게 하는 시구를…. 그러면서 즐거워했다. 작품은 남에게 주기도 좋아하고 간수하는 것도 잘했다.

남편은 여기서 제자들을 가르치고, 모여서 시도 읽고 한담도 했다. 차도 마셨다. 술은 젊어 너무 좋아해서 몸이 상했기 때문에 이곳에 온 후로 거의 못 했다. 그게 늘 아쉬웠을 것이다. 그래도 좋은 술은 구해서 보기만 하다가 아이들이 오면 내주면서 흐뭇해했다. 좋은 술 선물을 받기도 했다. 술은 그냥 바라보기만 해도 좋은 모양이다. 술 선물을 받으면 그렇게 좋아했다.

현대시학사 사무실에 있었던 낡은 컴퓨터와 프린터는 내가 사용한다.

앞산의 능선

2층 마루 컴퓨터가 있는 책상에서 바라다보이는 하늘과 그 하늘 아래 팔을 뻗어 마을을 감싸 안듯이 남쪽으로 흐르는 낮은 산의 고운 능선….

남편은 컴퓨터는 쓰지 않았지만 이 자리에 가끔 앉아 하늘과 이 고요한 산의 능선을 하염없이 바라보곤 했다.

언젠가 그는 의자에 앉아 있었고 나는 그의 옆에 서 있었다. 그가 "아—" 하고 나지막한 탄성을 뱉었다. 순간이었다. 나도 동시에 "아—" 입이 다물어지지 않았다. 하늘과 능선 사이로 두 마리의 고라니가 그림처럼 뛰어가다 사라졌다.

미당의 시, 영산홍

어느 해인가, 남편이 미당의 시「영산홍」의 한 구절을 붓글씨로 써서 표구해 가지고 들어왔다. 기분이 아주 좋아 보였다. 포장지를 풀어내며 우리 안방에 걸자 했다.

나는 신나 보이는 그의 모습을 물끄러미 바라보았다. 마침내 포장지가 풀리고 마루 한쪽 벽면에 기대어 있는 액자를 보니 "소실댁(小室宅) 툇마루에 / 놓인 놋요강"이라는 시구가 먼저 눈에 들어왔다.

"안 돼, 안방에 이런 시를…."

나는 아주 단호하게 말했다. 남편은 어이없다는 표정으로 나를 바라보았다.

"첩의 요강을 내 안방에 두는 여자가 어디 있어!"

쏘듯이 그에게 말했다.

그는 조금 주눅 든 듯했다.

"왜? 시가 참 좋은데… 글씨도 잘 됐고…."

나는 화난 몸짓을 해 가며 마당으로 내려가 버렸다. 한참

만에 들어와 보니, 그 액자가 다시 얌전히 포장되어 있었다. 그도 나도 아무 말 하지 않았다.

포장 다시 해서 어디다 두었는지 한동안 보이지 않았는데, 이곳으로 이사하고 2층 전체를 자기 공간으로 만들더니 기어이 액자의 포장을 풀어 자기 공간 한쪽에 놓아두었다.

원본

우리가 이곳으로 거처를 옮겼던 그해였나 그 이듬해였나, 하여간 그즈음이었다. 임란 중에 없어진, 종묘에 배향되었던 명신(名臣)의 초상이 일본 천리대(天理大)에 있는 것을 알게 되어 그 반환을 청구했었는데, 그게 이루어지지 않았다. 결국 협상을 통해 원본 대신 그 초상화들의 임모(臨摸)를 각 3점씩 해 오기로 했고, 그 임모한 초상화 전시회가 서울에서 있었다.

전시가 끝난 후 각 명신들의 후손에게 임모한 초상을 1점씩 주기로 해서 받아오기로 했다며 경산은 무척 좋아했다. 이곳으로 표천공 임모를 모셔 오기로 한 그 며칠 전부터 들뜨는 마음을 가라앉히고 맞을 준비를 했다. 좋은 술을 구하고 내게 떡을 하라고 했다. 경산시실에 임모 모실 자리를 마련하고 그날을 기다렸다.

모셔 오는 날, 기유원(己有園. 2001년 시아버님 돌아가시기 전해에 전국 곳곳에 산재해 있었던 선대 묘소를 모두 보체

로 모셔 조성한 가족묘원이다)에서 제 올려 고유하고 비로
소 집 안으로 모셨다. 그렇게 해서 지금까지 석가헌 2층 경
산시실에 모셔지게 되었다. 그즈음 경산이 쓴 시가 「원본
(原本)」이다.

　그 어른께서 제자리로 돌아오셨다 일본(日本) 천리대(天理
大) 박물관에 피랍되어 가 계셨던 내 선대 표천공(瓢泉公)
초상 객지 한 벌이 이모(移模)되어 슬픈 환국을 하셨다 원본
(原本)은 아니지만 그 어른의 이 귀향을 그분께오서 당신 아
버님의 시묘(侍墓) 턴 묘사(墓舍) 터, 지금 내가 그분 묘지
기로 있는 우리 집에 모시는 날, 햅쌀로 떡과 술을 빚고 정
장을 하고 새벽부터 설레었다 엎드려 봉안했다 내가 이곳에
자리 잡자 당신도 이곳에 돌아오셔, 만리타국(萬里他國)에
서 돌아오셔 한 집안에 거(居)하시겠노란 이 속뜻이여! 거
(居)여! 거(居)여! 거(居)여! 원본(原本)은 아직 아니지만 원
본(原本)의 그리움을 비로소 알게 되었다 지난해엔 집 나갔
던 애벌구이 데스마스크 내 얼굴이 무슨 예고처럼 돌아왔었
다 내 원본을 찾았었다 지난해 시월에 신현정 시인이 집어

갔던 내 데스마스크를 되돌려 주고 세상을 떠났다 신현정의
원본(原本)은 볼 수 없게 되었다

—정진규,「원본(原本)」

율려정사

율려정사(律呂精舍)라 이름 붙인 마당의 작은 집. '율려(律呂)'란 큰 우주의 흐름을 나타내는 음과 양을 뜻하며, '정사(精舍)'란 마음의 집, 영혼의 집이라는 뜻이다. '율려정사'는 우주의 이치를 깨닫고 공부하는 집이라 할 수 있다.

　얼른 보기에 이곳은 경산의 서고다. 남편이 소장하고 있던 책과 25년간 출간해 왔던 『현대시학』, 그리고 얼마간의 고서와 시아버님의 대학 시절 책과 노트 등으로 네 벽이 가득 차 있으니. 원래 옛 어른들이 읽고 대대로 소장하셨던 고서들은 기유재가 헐리기 전 사랑채의 건넌방에 가득 차 있었다 한다. 동학란 때 집안의 어른이신 위당(爲堂) 정인보(鄭寅普)께서 안전한 곳으로 옮겨 놓자고 해서 충주인가 어디 당신의 서고로 옮겨 놓으셨단다. 세상사 아무도 모른다고, 그 서고가 6·25 전쟁 때 다 불타서 아주 귀중한 것은 그때 다 소실되어 버렸다. 그러고도 남아 있던 고서 중 가치 있는 것은 지금 한국학중앙연구원에 기탁되어 있다. 그러니까 지금 율려정사에 남아 있는 고서는 원래 것의 일부에 불과한 것이다.

여기에는 책뿐만 아니라 이제는 쓰지 않는 세전지물도 있고, 조각가 서영이 작품도 보관되어 있고, 화가가 된 진희 아가씨의 작품도 있다. 시어머님 생존해 계실 때 쓰던 생활용품도 좀 있다. 그런가 하면 매실청 담가 놓은 항아리, 꿀병, 각종 먹을거리들이 항아리와 상자에 담겨 있다. 큰 행사 치를 때 마당에서 사용할 수 있는 테이블과 의자, 손자들이 어렸을 때 쓰던 놀이기구도 한쪽에 얌전히 접혀 있다.

율려정사는 원래 옛집의 창고로 쓰이던 곳이었다. 시아버님 계실 때는 가을 텃도지로 받은 쌀을 보관해 두는 곳이었는데 점차 세월이 흘러 그 기능을 잃었고, 아버님 돌아가시고 나서는 온갖 것이 먼지 뒤집어쓰고 그냥 쌓여만 있는 그런 곳이었다.

우리가 보체로 낙향해 온 후에는 집 안 곳곳 남편의 책이 없는 곳이 없었다. 어디든 책이 넘쳐 나게 쌓여 있는 바람에 아이들이 놀러 와도 함께 모여 앉을 만한 자리가 없었다. 수많은 책을 어떻게 보관할 것인지가 관건이었다. 궁리 끝에 이 창고를 손봐 서고를 만들기로 했다.

마침 조경선 시인이 대목(大木)이기도 해서 이 문제를 놓고 같이 의논했다. 그는 "좋다" 하고 일을 시작해서 이정오 시인과 함께 몇 달에 걸쳐 이 정사의 공간을 넓고 멋지게 만들어 주었다. 두 사람의 대목으로서의 뛰어난 솜씨와 안목, 시인으로서의 정서가 깃든.

공간이 마련되고, 이 안을 정돈할 때에도 두 시인의 도움이 참으로 컸다.

"선생님, 이 집이 한 500년은 갈 수 있게 해 드릴게요."

조경선 시인의 말이 아직도 귓가에 맴돈다.

남편과 나는 이 공간을 정리하면서 옛날과 지금이, 그리고 공부와 생활이 함께 있는 곳으로 만들자고 했다. 우리의 삶이 녹아 있으면서 실용적인 그런 공간을 그려 보았다. 처음에는 한쪽에 양탄자를 깔고 차탁을 놓아 음악도 듣고 차도 마시고 책도 보고 친구들 불러와 놀기도 하고… 그러자 했었는데…. 한 번도 이렇게 써 보지 못하고 남편 먼저 가 버리고 말았다.

율려정사 전경.

율려정사 내부 모습. 바로 보이는 선반에는 제사상을 올려놓았다.
안정감 있어 보이도록 상판이 아래쪽을 향하게 두고
그 사이 남는 공간에는 신주함을 놓았다. 조상님들께서는 무엄하다 화내실지
모르겠지만, 벽면의 구성이 나름 괜찮아 보이는 것 같다.

세전지물, 먹을거리들이 담긴 유리병이 있는 풍경.

앉은뱅이책상

율려정사를 새롭게 단장할 때, 그전에는 창고로 쓰였던 이곳에 쌓여 있던 물건들을 다 꺼내 놓으니 별별 보물이 다 나왔다. 앉은뱅이책상도 그중 하나였다.

남편은 빠진 서랍을 찾아서 끼우고 손질하고 닦으면서 "내가 이 책상 많이 썼는데….." 반색했다.

슬쩍 보기에도 앉은뱅이책상은 오래되어 보였다. 기유재 시절, 큰사랑 작은 방(책방이라고도 했단다)에 있었던 것이란다. 경산이 어린 시절, 그의 형님들이 공부할 때 쓰던 것으로 형님들이 외지로 공부하러 떠난 후에는 그의 차지가 되어 숙제도 하고 책도 읽던 손때 묻은 책상이라 했다.

그때는 아주 크고 높고 근사한 책상이었단다. 여기에다 책 얹어 놓고 참 많이 읽었다 한다. 어머니와 진명여학교 동기였던 노천명의 시집을 찾아 이 책상에 놓고 처음으로 읽었다고도 했다.

아래 시는 경산이 이 책상을 두고 쓴 것 같다.

시골집 다락방에 남아 있는 앉은뱅이책상 하나, 서랍 속에
꼭꼭 접어 넣어 둔 네모칸 공책 종이 한 장, 꺼내 두근두근
펴 보니 내 이름 석 자, 아버지하고 나하고 처음 써 본 한글,
ㅈ을 ㅅ으로 잘못 쓴 첫 글자 다시 썼구나 고무가 없었나 보
다 가위표로 지우고 옆에다 다시 썼다 첫 대목이 늘 잘못 되
는 건 그때부터였구나 나는 첫대목 가위표 도사 괜찮아 괜
찮아 그래서 그 다음 대목들은 제법 챙기게 되었잖아 단기
4279년 5월 5일 날짜도 적어 놓았구나 해방 이듬해 그때부
터 그랬구나

—정진규,「어린이날」

아버님의 경전

아버님께서 미수(米壽)를 맞으신 날 큰 잔치를 했었다.

아들들이 "아버지, 친구분들 다 부르세요." 하니, 아버님은 "내 생일에 올 친구가 하나도 없다. 다 가 버렸어." 하셨다.

그때 아버님을 둘러싸고 있는 짙은 외로움을 나는 보았다. 아버님의 평생이 지금 이 외로운 아버님의 모습과 겹치면서, 순간, 우리 아버님이 단단하고 거대한 거인으로 내게 비쳤다.

남편은 잔칫날 아버님께 병풍을 하나 해 드렸다. 아버님의 경전(經典).

시를 짓고, 글씨를 써서 병풍을 만들어 시린 바람 막고 아버님을 안온하게 해 드리고 싶었나 보다.

아버님은 소천하셨고, 남편은 아버님 따라 가고, 그 병풍

은 지금 율려정사로 와서 아버지와 아들이 함께 있는 모습
으로 서 있다.

입춘방

나무들의 키는 왜 날로 허공을 채우는가
甲午夕佳軒絅山肇春詩書(갑오석가헌경산조춘시서)

새들은 왜 하늘을 높이 날 수 있는가
甲午肇春夕佳軒絅山詩書(갑오조춘석가헌경산시서)

경산이 율려정사에 써 붙인 입춘방(立春榜)이다.

그는 석가헌으로 이사 오고 그다음 해부터 해마다 자기식의 입춘방을 써 붙였다. 대문에 붙이고 율려정사에도 붙이고 셋째 댁에도 써 주어 그 집에 붙이게 했다. 은영 엄마가 참 좋아했다.

다음은 경산이 떠나던 해 봄, 석가헌 대문에 써 붙인 입춘방이다.

율생오성(律生五聲) 첫자리
궁(宮)으로 화창한 봄날
노오란 수선꼭지 우주꼭지 보았다
丁酉立春節夕佳軒綱山詩書(정유입춘절석가헌경산시서)

초록 금강(金剛) 들치고 기지개 켜는 봄날 새벽
활시위 일제히 떠나는 눈엽(嫩葉)
화살떼 이파리의 바다 초록 함성이여
丁酉立春夕佳軒綱山詩書(정유입춘석가헌경산시서)

이 입춘방들은 이제는 다 낡고 비바람에 찢겨 글씨도 희미하게 되어 간다. 남편이 떠나면서 새로 입춘방을 붙이지 못하고 몇 년이나 흐른 탓이다. 새봄이 와도 지난 입춘방만 그대로인 채 새로워지지 않으니 내게는 영 새봄이 오지 않는다.

입춘방의 글씨가 지금보다 흐릿해져 알아보지 못하게 될 때쯤, 그때쯤 나도 조용히 여기를 떠날 수 있으면 좋겠다는 생각을 자주 한다.

율려정사의 입춘방.

석가헌 대문에 붙인 입춘방.

토우방

시아버님 소천하시고 몇 해 지나서 집을 개축할 때 마당 한
쪽에 황토집을 지었다.

집안일은 모두 시제(媤弟) 진석 서방님이 도맡아 하고
있었다. 집을 개축할 때 서방님의 지인이 황토집의 견본 집
을 여기에 한 채 짓게 해 달라고 요청을 했었단다. 재료비
만 내면 집이 한 채 생기는 것이라 괜찮다고 생각해서 허
락했다 한다. 어쨌든 우리에게는 황토집이 한 채 생기게 되
었다.

집이 완성되었고 남편이 '토우방(土愚房)'이라 이름 지었
다. 서방님이 현판을 만들어 걸었는데, 남편도 미리 써 둔
게 있어 둘 다 걸었다.

이 집은 여름에는 시원하고 겨울에는 따뜻하다. 본채와
꽤 떨어져 있어서 한겨울에 불 때고 누워 있으면 어느 옛날
로 돌아간 듯 편안하고 사위가 조용해 잠이 절로 온다. 우

리 식구들은 모두 토우방 아궁이에 불 때는 것을 좋아한다.
불 땐 아궁이에서 구워 낸 고구마도.

꽃밭과 채마밭

토우방 아래쪽은 넓은 마당이었다. 마치 황무지 같았다. 휑 뎅그렁한 모습에 마음이 쓰여 마당 반을 갈라서 토우방 쪽으로는 잔디를 심고, 그 나머지는 밭을 갈아서 몇 가지 채소를 심었다. 한 해를 심어 보니까 너무 많아서 다 먹을 수도 없고 남에게 주는 것도 일이고 해서, 우리 먹을 만큼만 심고 나머지는 꽃밭을 만들기로 했다. 이참에 여기 저기 빈 터에도 꽃을 심어 이 마당의 황량함을 가리기로 했다.

우리 집에서 비교적 가까운, 한경대학교에서 운영하는 원예원 플로랜드를 찾아갔다. 사무실에 들어가 사무원에게 집 마당에 꽃을 심으려 하는데 도움을 줄 수 있는 분을 소개해 달라고 요청을 드렸다. 사무원은 사무실 한쪽 긴 의자에 기대듯 앉아 있는 한 분을 가리켰다.
"저분이 원예과 선생님이신데…."

사무원이 손짓하는 쪽에서 사람 좋아 보이는 한 분이 웃음을 띠며 말했다.

"마당에 꽃 심으시려고요? 마당이 넓어요?"

"네, 마당이 넓고 몇 군데로 나뉘어 있기도 해서 저로서는 어찌해야 할지 도저히 가늠이 안 되네요. 그래서 전문가께 도움을 청하려고 이렇게 왔어요."

"그래요? 마침 지금 시간이 괜찮은데 어디 가 봅시다. 참, 가기 전에 먼저 제 연구실부터 들렀다 가 보실까요."

나는 좋아서 그분을 따라갔다(이때는 성함도 묻지 못했다). '연구실'이라는 말을 듣자마자 머릿속에 떠오른 것은 학창 시절 과학 실험실이었다. 그런데 예상과는 다르게 어디 건물 안이 아니라 넓은 밭을 지나 비닐하우스가 끝없이 이어져 있는 곳으로 가는 것이 아닌가. 나는 속으로, '연구실이 도대체 어디 있는 거야?' 하는 참이었는데, 앞장서 가던 그분이 한 비닐하우스로 쑥 들어가더니 "보세요." 한다.

"와―!"

나는 각양각색 꽃들이 자라고 만개한, 끝 간 자리 보이지 않을 만큼 넓은 비닐하우스에서 벌어진 입을 닫을 수 없었다. 그분—이필영 선생님—이 뭐라 뭐라 설명을 하는데, 그 소리는 하나도 들리지 않고 꽃들의 향기와 빛깔에 취해서 정신이 다 나가 있었다. 얼마 만에 "이제 갑시다!" 하는 소리에 놀라 그분을 따라 나와 그분의 차를 타고 집으로 돌아왔다.

남편은 마당 벤치에 앉아 있다가 이필영 선생을 맞았다. 통성명을 하고 보니 두 사람은 서로 공통점이 많았다. 둘 다 안성 농고 출신이고, 이필영 선생은 돌아가신 아주버님하고 막역한 사이였고, 이러고저러고….

단박에 두 사람은 십년지기 저리 가라 하는 사이가 되었다. 단짝처럼 집이며 마당이며 둘러보고 끝없이 이야기를 나누더니 제일 먼저 꽃을 심을 수 있는 바탕을 조성해 놓고 그다음에 거기 어울리는 꽃을 고르자 하고 일단 그날을 마무리했다.

이튿날부터 마당 조성에 들어갔다. 기유원 조성할 때 일해 준 분을 모셔다가 의논하고 꽃밭 만들 곳마다에 흙을 몇 트럭 사서 붓고 돌일 하는 분에게 부탁해 정원석을 사서 가림을 치고 다시 이필영 선생을 모셔 왔다. 그는 마당 한곳에 우두커니 서 있다가 또 다른 곳에 가서는 구부리고 앉아 있기도 하다가 그렇게 온 마당을 몇 바퀴나 돌고서는 꽃 고르러 가자 했다.

셋이서 플로랜드에 갔다. 이필영 선생은, 남편과 내게 마당에 심고 싶은 꽃을 골라 보라 했다. 둘이 돌아다니며 이것이 예쁘네, 저것도 심자 하면서 마음에 드는 꽃들을 무턱대고 골랐다. 이필영 선생은 잠자코 팔짱을 끼고서 우리 하는 꼴을 지켜보더니, 한숨 한번 푹 쉬었다.

"안 되겠어요. 대강 두 분 취향 알았으니 내게 맡기세요."

우리는 좀 부끄럽기도 하고 우리 능력으로는 안 되겠는 것을 알았으므로 "선생님이 적당히 골라서 심어 주세요." 하고 돌아왔다.

며칠 후, 이필영 선생은 일꾼 두엇을 데리고 꽃을 트럭에 싣고 와서 하루 만에 우리 집을 화려한 꽃동산으로 만들어 놓았다. 채마밭은 두어 고랑만 남겨 채소를 심기로 하고 나머지 땅에는 죄다 꽃을 심었다. 두어 고랑에서 난 채소만으로도 우리는 충분했고 오히려 남아서 아이들에게 주기도 했는데, 동네 안노인 한 분이 이곳을 보고는 혀를 찬 적 있다.

"채마밭이 너무 넓으면 한쪽에 콩이라도 심지, 무슨 놈의 꽃이람… 쯧쯧쯧…."

이필영 선생은 베트남으로 이민 갈 때까지 우리 집에 자주 와서 철마다 다른 꽃으로 갈아 주거나 소독과 시비를 제때 하게 해 주었다. 꽃 사러 가는데 같이 가자며 친근히 청해 오기도 했다. 이필영 선생이 우리 마당에 쏟았던 애정에 더해, 친지, 남편 친구들, 제자들이 인사 올 때 자주 선사했던 꽃나무들이 마당에 잘 자리를 잡아 주어 지금의 석가헌 마당으로 어우러졌다.

남편은 아주 가고, 이필영 선생도 타국으로 떠난 지금, 돌봐주고 사랑해 주던 사람이 떠난 마당은 내가 어떻게 해도 어수선하고 어쩐지 초라해지는 것만 같다.

가을 마당

가을이 되면 마당의 잔디는 고운 갈색으로 물들어 간다. 잡초는 '나 여기 있소.' 소리 내는 듯 저를 나타내고 있다. 나는 '그래, 너도 예쁘다 해 줄게.' 그러다가도, 어느 틈에 내 손은 앙칼지게 그것들을 뿌리째 뽑아 버린다. 뭐 그렇게 해도 그다지 자리가 나지도 않는다. 잡초 하나 없이 비단처럼 마당의 잔디를 가꿀 생각도 안 하면서 무슨 버릇인가 싶지만 번번이 그런다.

남편은 잡초라는 말을 절대로 쓰지 않았다. 늘 그냥 풀이라 했다. 이름 없다고, 그 이름을 모른다고 함부로 해서는 안 된다 했다. 애처로워, "내일 아침엔 이름 달고 서 있거라" 이렇게 그의 시에서 일렀다. 우리 집 마당의 꽃들에 관한 시 「해마다 피는 꽃, 우리 집 마당 10품들」 전문이다.

1품(品) 산수유, 입춘날 우리 집 대문 앞에서 노오랗게 탁발하는 반야바라밀다심경

2품(品) 느티, 초록 금강 이불 들치고 기지개 켜는 봄날 새벽 활시위 일제히 떠나는 눈엽(嫩葉) 화살 떼, 명적(鳴鏑)이여! 율려(律呂)여!

3품(品) 수선화, 춘설난분분 헤치고 당도한 노오란 연서, 부끄러워 다시 오므린 예쁜 우주

4품(品) 수련, 고요의 잠수부 어김없이 입 다무는 정오, 적멸을 각(覺)하는 시간이다 고요를 피우는 꽃

5품(品) 수수꽃다리, 라일락이란 이름으로 창씨개명(創氏改名)한 여자, 바람 불러 향기로 동행, 요새는 보랏빛 꿈을 한 가방씩 들고 다닌다

6품(品) 영산홍, 미당(未堂)의 소실댁을 이겨 보려고 올해도 몸부림하였으나 오줌 지리느라고 놋요강만 파랗게 녹슬었습니다

7품(品) 접시꽃, 꽃 피기 시작하면 끝내게 수다스럽다 수다로 담 넘는 키, 시의 절제를 우습게 안다

8품(品) 흰 민들레, 우리 집 마당에만 이른 봄부터 초가을까지 흰 민들레 지천이다 노란 민들레는 범접을 못 한다 지천(至賤)이여, 궁극의 시학이다 비방 중의 비방이다

9품(品) 들국, 들국엔 산비알이 있다 나이 든 여자가 혼자서 엎드려 노오란 들국을 꺾고 있다 나이 든 여자의 굽은 허리여, 슬픈 맨살이 햇살에 드러나 보인다 나이 든 여자의 산비알이여

10품(品) 풀꽃들, 이름이 없는 것들은 어둠 속에서 더 어둡다 지워지면 어쩌나 아침에 눈뜨면 그것들부터 살폈다 고맙다 오늘 아침에도 꽃이 피어 있구나 내일 아침엔 이름 달고 서 있거라

—정진규, 「해마다 피는 꽃, 우리 집 마당 10품들」

보체 연지

이곳 보체리에는 보체 연지(蓮池)가 있다. 우리 식구들 그리고 이 보체 동네 사람들은 여기를 그냥 방죽이라 불렀다.

시아버님으로부터 옛날 표천공 어르신께서 당신 아버님 묘소를 여기 모시고 이 동네가 어우러질 때 이 못을 파셨다는 이야기를 들은 것 같다.

보체리는 삼면이 나지막한 산으로 둘려 있고 남쪽은 툭 터져 방죽을 둘러싸고 기름진 논밭이 질펀히 누워 있는 아주 예쁜 마을이다.

산에서 내려오는 맑은 물이 고여 있는 방죽은, 남쪽에서 불어오는 따뜻한 바람과 햇빛으로 반짝이며 넉넉한 수량으로 논밭을 기름지게 한다. 동네의 가습기 노릇을 잘해 건조하지도 탁하지도 않은 시원하고 맑은 공기를 우리가 한없이 마실 수 있게 해 준다.

한때 아버님께서 여기에 잉어를 키우시기도 했고, 방학이면 우리 집 아이들이 여기에서 낚시를 하기도 했다. 동네 노인들은 새뱅이 잡아다가 국도 끓여 먹고 그랬었다.

남편이 일흔의 문턱에 고향으로 돌아오면서 이 방죽에 연을 심었다. 젊은 조카하고 둘이서 발 벗고 들어가 방죽 한 모퉁이에 50~60 뿌리의 연을 심었다. 연은 무럭무럭 잘 자라 5~6년쯤 지나니 방죽을 온통 연꽃으로 뒤덮었다. 이후에는 동네 사람들과 함께 방죽 주위를 정리하고 벤치도 마련해 산책도 하고 쉴 수 있는 공간을 만들어 놓고 이곳을 즐겼다. 그리고 '보체 연지'라 이름하고 멋진 글씨로 새긴 돌을 하나 세웠다.

경산은 늘 아침 산책을 하고 벤치에 앉아 꽃 피는 것을 기다리고 벌어지는 꽃을 바라보곤 했다. 나 죽고 나면 동네 사람들이 여기 앉아 연꽃 바라보던 나를 생각할까? 웃음기도 없는 얼굴로 이런 말을 하기도 했다.

경산의 마지막 시집이 된 『모르는 귀』가 나왔을 때, 연꽃이 이 연지를 가득 채울 때쯤에 좋아하는 친구들 다 모아서 한바탕 놀자고 했는데, 그리하지 못하고 갑자기 혼자 멀리 가 버렸다.

경산이 홀연히 떠나 버리고 내가 넋이 빠져 있을 때, 박경자 시인이 경산의 시비(詩碑)를 세워 주었다. 그의 후소헌 정원에 서 있던 얌전한 시비 하나를 이 보체 연지 언덕 위에 옮겨 와 늘 내가 남편 곁에 있게 해 주었다.

삽이란 발음이, 소리가 요즈음 들어 겁나게 좋다 삽, 땅을 여는 연장인데 왜 이토록 입술 얌전하게 다물어 소리를 거두어들이는 것일까 속내가 있다 삽, 거칠지가 않구나 좋구나 아주 잘 드는 소리, 그러면서도 한군데로 모아지는 소리, 한 자정(子正)에 네 속으로 그렇게 지나가는 소리가 난다 이 삽 한 자루로 너를 파고자 했다 내 무덤 하나 짓고자 했다 했으나 왜 아직도 여기인가 삽, 젖은 먼지내 나는 내 곳간, 구석에 기대 서 있는 작달막한 삽 한 자루, 닦기는 내가 늘 빛나게 닦아서 녹슬지 않았다 오달지게 한번 써 볼 작정이

다 삽, 오늘도 나를 염(殮)하며 마른 볏짚으로 한나절 너를
문질렀다

                    —정진규,「삽」

경산의 시 「삽」 시비.

큰 우물터

우리 집 대문 앞길 건너 큰 우물이 있었다. 내가 결혼해 보체에 처음 왔을 때 동네에서 가장 물이 많고 좋은 우물이 이곳이어서 우물가는 늘 동네 사람들로 북적였다. 두레박질해서 물 길어 가는 사람, 나물거리 김칫거리를 씻는 사람, 빨래하는 사람, 쌀 씻는 여인, 발 씻는 아이, 웃는 소리 큰 소리 내며 이야기하는 사람들로 삶의 활기찬 기운이 넘쳐흐르던 곳이었다.

우물 옆으로는 넓은 미나리꽝이 있었다. 봄이면 싱싱한 미나리가 특유의 향을 풍기며 넘실거렸다. 이곳 미나리는 유난히 연하고 향기롭고 싱그러워서 나물을 무치든 김치를 담그든 전을 부치든 하여간 어떻게 먹어도 그 맛을 이루 다 형언할 수 없었다. 결혼해서 첫봄에 이 미나리 맛을 처음 보았다. 서울에서 나고 자랐고 채소를 별로 좋아하지 않았던 내게 처음으로 소채의 맛을 알게 해 준 것이 이 미나리였다.

그 시절 사람들로 흥성이던 우물은 이제는 아무 쓸모없는 것이 되어 뚜껑이 덮이고 위험하니까 둘레에 울타리가 둘렸다. 우물 옆 미나리꽝은 흙으로 메워져 호박 밭이 되었다. 그 한쪽에는 비료 부대가 쌓여 있는 좁은 빈터가 볼품없이 있을 뿐이다. 우물 바로 뒤쪽에는 푸른 들을 가로막는 멋없는 이층집이 버티고 서서 이 우물을 한층 더 초라하게 만들고 있다.

이곳으로 우리가 온 그해에 남편은 우물가에 혼자 서 있곤 하더니 어느 날 시를 쓰고 그걸 각해서 우물가 울타리에 걸어 놓았다. 그가 얼마나 이 옛날의 공간을 좋아했었는지.

하루를 제일 처음
새벽으로 길어 올리던 곳
별빛 고인 물로
하얀 쌀 일던 곳
보체 마을 사람들은
그렇게 물 긷는 사람들…

싱싱한 삶 길어 올리는
사람들
여기 와 잠시 멈추시라
그날의 초록 미나리
새싹 향기
아직도 고여 있다
그대 화안하게
열리시리라

—정진규, 「우리 마을 옛 우물」

내 일터

나는 장비를 갖추고 내 일터로 간다. 우리 집 꽃밭과 채마밭. 이곳은 늘 내 마음을 따뜻하고 풍성하게 해 준다.

밭은 모두 여섯 고랑.

앞쪽으로부터 첫 고랑. 4월 중순부터 꽃 피는 보라색과 하얀색 차가프록스는 향기를 뿜으며 봄바람에 살랑살랑, 그 작은 꽃잎을 흔든다. 비로소 봄이 왔음을 실감케 한다.

둘째 고랑. 5월에 들어서면 분홍색 차가프록스와 왜성겹샤스타데이지가 차차 시들어 가는 첫 고랑의 꽃들을 도와주듯 풍성하게 피어나서 마음을 흐뭇하게 하다가 좀 기운이 없어지는 느낌이 들 때쯤이면 6월이 가까워 오는 것이다. 그러면 셋째 고랑에서 베로니카 분홍 꽃이, 뒤이어 키 큰 에키네시아 노랑 꽃이 여름의 시작을 빛내 준다.

한여름 7월이 시작되면 이제는 내 차례다, 하고 니포피아의 그 풍성한 잎들 사이로 튼실하고 키 큰 대가 솟아오르고 그 끝에 불타는 듯한 주황색 꽃이 여주 열매 비슷하게

달리기 시작한다. 언젠가 지영이가 이 꽃을 보고 의아한 표
정으로 물었다.

"어머니, 이것도 꽃이에요?

"그럼, 꽃이지."

지영이가 고개를 끄덕이며 재차 묻는다.

"그렇구나, 꽃이구나. 그런데 엄마, 이거 이뻐요?"

"그럼, 예쁘지!"

"그렇구나…. 예쁜 것이구나…."

마지막으로는 다섯째, 여섯째 고랑. 이곳은 채마밭이다.

나는 여기에 가지각색 채소 모종을 심는다. 안 매운 고
추, 꽈리고추 합해서 다섯 개, 방울토마토, 큰 토마토 합해
서 다섯 개, 가지 두 개, 셀러리 두 개, 비트 열 개, 아욱 두
개, 상추 몇 종류 합해서 열 개, 고랑 끝 쪽으로 펜스를 치고
그 아래 오이 세 개, 호박 몇 개. 원래 호박은 한 개만 심으
려 했는데 모종집 주인이 "호박은 혼자서는 외로워서 못 사
니까 몇 개를 같이 심어 주어야 해요." 해서 몇 개 더 심은
것이다. 그리고 또 뭐가 있나? 모르겠다… 하여간 이 정도.

잎이 자라나고, 작지만 옹골진 열매가 열리기 시작하면 나는 여기서 나는 것으로 먹고 산다.

그 싱싱함, 그 예쁜 빛깔과 모양, 제각각 속삭여 주는 말들. 다 들어 주고 봐 준다. 그래, 그래….

나는 이곳에 모자 쓰고 장갑 끼고 긴 바지에 긴소매 웃옷을 입고 깔개 하나와 호미를 들고 수시로 드나든다. 내 놀이터요 무심의 일터다.

별채, 나의 차실

남편이 있었으면 멋진 당호를 지어 주었겠지만, 지금은 지어 달라 부탁할 사람도 없고 나 스스로 지을 능력이 없으니 그냥 별채라 부르고 있는 나의 차실(茶室).

석가헌 본채를 개축하기로 했을 무렵, 이곳을 혼자 지키고 계시던 새 시어머님이 불편하지 않으시도록 이 별채를 먼저 지었다. 본채 개축이 끝날 때까지만 거기 머무르시라고.

본채가 완성되어 어머니께 본집으로 옮기시라 말씀드렸으나 어머니께서는 계속 당신 계시던 곳에 있겠다 고집하시고는 돌아가실 때까지 별채에서 기거하셨다.

남편 가고 그 이듬해 정월 새 시어머님도 세상을 뜨셨다. 빈집이 된 별채에 가끔 들어가 비질할 때면 쓸쓸해졌다.

어느 날 큰아들 민영이가 물었다.

"어머니 저 별채 어떻게 하실 계획 있으세요?"

"나 다오."

"그러세요."

간명한 대답이었다. 더는 아무 말도 없었다. 나는 민영이에게 한 가지 부탁을 했다.

"차실을 만들고 싶다. 학교 다닐 때부터 소원이었거든."

이렇게 해서 대학 시절 효당(曉堂) 최범술 선생님께 차도(茶道)를 배울 때부터 가지고 싶었던 내 차실을 나이 여든 넘어 갖게 되었다(보통 '다도'라 하고 '다실'이라 한다. 그런데 효당 선생님께서는 '차도', '차실'이라 하시고 우리에게도 그렇게 부르도록 하셨다).

키가 낮은 식물들, 남편이 남긴 글씨, 친정어머니의 유품인 매듭 작품, 몇 가지 차기(茶器)들로 둘러싸인 간소한 공간. 나의 차실에서 차를 마시며 비로소 나의 노년을 살게 되었다.

차기

대학교 다닐 때 효당 선생님 댁 계수장(桂水庄)에서 차도를 전수받았다. 전수라는 말은 너무 거창하다. 그냥 차 살림을 배웠다, 라고 하는 것이 좋겠다.

어느 날 선생님께서 말씀하셨다. "이제 그만 다사(茶史) 살림을 내야겠다."

'다사'라는 이름도 선생님께서 지어 주셨다.

선생님께서는 나를 데리고 인사동으로 가셔서 차기 한 벌을 사 주셨다. 그리고 이렇게 써 주셨다.

茶道(다도)
附法之旨(부법지지)
茶史護持(다사호지)

그리고 그해를 '기해(己亥)'라 쓰셨으니 1957년의 일이었다.

야생의 들판

동화 작가 타샤 튜더는 미국 버몬트주에 있는 30만 평 대지를 돌보며 평생을 살았다. 드넓은 대지 중 집 가까운 곳 2천여 평의 땅은 손수 아름다운 정원으로 가꿨고, 그 나머지는 야생에 가까운 상태로 두고 보살폈다고 한다.

책과 사진, 동영상으로 타샤의 손이 많이 간 정원을 보았다. 그런데 나는 그의 2천여 평 아름다운 정원보다 야생에 가까운 모습으로 보존된 나머지가 더 궁금하다. 그의 들판에 서서 내 시선이 닿는 데까지 바라보고, 끝 간 데 모르는 곳까지 걷고 싶다. 타샤처럼 그 드넓은 들판에 야생 꽃씨를 훌훌, 휘익휘익 뿌리고 싶다.

내가 밭에 갈 때나 음식 찌꺼기를 묻으러 갈 때 지나야하는 1평 남짓한 곳이 있다. 한쪽에는 300여 년 이 집안 역사가 고스란히 서려 있는 목뒤주가 자리하고, 좀 떨어진 쪽에는 늙은 감나무 한 그루가 서 있다. 감나무 아래에는 몇 가지 꽃들이, 이름 없는 잡초들이 제 맘대로 자라고 있다. 마구 엉켜서는 돌 틈을 어떻게 빠져나왔는지 겨우겨우 기어 나와 먼 곳까지 뻗쳐 가서 한숨 놓고 편히 누워 있는 넝쿨들, 꽃이라 할 것들을 매달고 위풍당당 서 있는 멋없는 풀들도 한자리 차지하고 있다. 그야말로 온갖 것들이 뒤엉켜 살아가고 있다.

여기 한쪽에 헌 나무 의자를 하나 놓아두었다. 밭에서 일하다가 이따금 이 의자에 앉아 쉬곤 하는데, 그럴 때면 밭 쪽이 아니라 잡초가 우거진 터 곳곳으로 시선이 간다. 바라보고 있노라면 마음이 한결 편안해진다. 사람의 손 타지 않고 자유롭게 자라고 있는 것들을 나는 그냥 바라만 보고 있으면 된다. 어쩌다가 밭 쪽을 바라볼 때에는, 내 손이 가야 할 것, 일거리가 떠오르는 탓에 잠깐 앉았다가 일어나게 되는데, 이쪽은 그렇지가 않은 것이다.

서로 조금씩 자리를 내 주기도 하고 엉겨 붙어 있는 것들이 재미있기도 하고 정답기도 하고.

처음 보이는 이파리의 색이며 모양이 신기하기도 해서 조용히 묻기도 한다.

"얘, 너는 누구니? 너 언제부터 거기 있었어?"

벌레들까지 어우러져 자라고 싶은 대로 자라는, 세상 편히 살고 있는 푸른 생명들의 세계를 자꾸만 들여다보게 된다. 타샤의 들판의 30만분의 1쯤 될 야생의 들판(?)에서 나는 때로 타샤의 30만 평을 그린다.

징

귀한 손님이 오고 가실 때 나는 가끔 징을 울린다. 징의 여운이 기일게 이어지는 동안, 우리 집 대문을 나서는 손님의 가슴이 따뜻하고 넉넉해지기를 바라는 마음이다.

이 징에는 경산의 시 「천상열차분야지도(天象列次分野之圖)」의 한 구절이 그의 육필로 새겨져 있다.

내가 대학교에 다닐 때, 아니 정확하게는 효당 선생님 문하에 있을 때, 어느 여름 방학 중 두어 주일을 진주에 있는 선생님 댁에 머물렀다. 집안일 봐주는 총각 하나와 선생님과 나 이렇게 셋이서. 푸른 남강을 끼고 있는 아름다운 진주에 자리한 차인(茶人)의 집답게, 그곳 녹야원(선생님의 진주 집 당호)에는 정갈하게 가꾼 마당과 죽로지실(竹爐之室)이 갖춰져 있었다. 향긋한 차향이 넘실대는 죽로지실에는 고서와 고화와 아름다운 불상이 조용히 자리하고 있었다. 선생님과 함께 있었던 그 두어 주는 내 생애 한 줌 감춰 놓은, 아주 작은 나 혼자만의 비단 주머니다.

녹야원에 있는 동안 선생님과 자주 차 마시며 많은 이야기를 나누고 또 나누었다. 선생님께서는 귀한 서화를 감상할 수 있게 해 주시고, 손님이 오시면 나를 그분들께 소개하고 그분들의 담소에 나도 참여시켜 주셨다.

손님 없는 날에는 선생님을 따라 진주 시내를 돌아보기도 하고, 촉석루에 올라서서 남강을 내려다보기도 하고, 서점을 들르기도 했다. 어느 날은 다솔사(多率寺)에서 묵고 발우 공양을 받기도 했으며, 또 어느 날은 정약용이 유배 생활을 할 때 모처럼 자신을 찾아온 아들에게 먹일 저녁이 없어 먹거리를 구하기 위해 찾아든 절에도 가 보았다. 정약용 부자가 걸었을 그 산길을, 선생님과 내가 똑같이 걸어서 찾아갔다. 그 절에서 선생님 덕에 극진한 스님 대접을 받으며 내 몸이 조그맣게 잦아드는 경험도 했었다.

다솔사에서 묵다가 떠나오던 날이었다. 산길을 내려오고 있는데 먼 데서 북소리가 들리는 듯했다.

"다사야, 저 북소리 들리느냐?"

"네, 선생님, 저게 무슨 북소리예요?"

"너 배웅하는 다솔사 북소리다. 절에서는 귀한 손님 다녀가실 때 손님에게 이 북소리가 닿지 않을 때까지 북을 친단다. 이 산을 다 내려가실 때까지 못된 짐승들이 손님에게 근접하지 못하게 하고, 손님은 북소리 들으며 편안한 마음으로 돌아가시기를 축원해 드리는 거지."

나는 감격해서 목이 메었다.

내가 귀한 손님 오셨을 때나 혹은 가실 때 가끔 징을 울리는데, 그것은 다솔사의 북소리를 흉내 내는 것이다.

내 손

이 노(老)며느리의 손.
예쁘지 않으나 부끄럽지 않은 손.
기유재에서 석가헌으로
역사를 이어 놓은 팔 대 자손 정진규의 처
변영림 84세 때의 손.

나의 경산

당신 방 동쪽 창문 앞 매화나무

당신 돌아가던 그해 봄에 당신 방 동쪽 창문 바로 앞에 매화나무를 심었다.

이른 봄날 침대에서 눈을 뜨고 창밖을 보면 알맞은 거리에 떨어져 있는 싱그럽고 늠름한 느티나무와 바로 눈앞의 예쁜 분홍빛의 매화꽃이 당신을 반겨 줄 거라고 생색을 내가며 이 나무를 심었다.

그해 가을, 당신은 본처로 돌아가 결국 나는 생색만 내었고, 당신은 꽃도 열매도 이 세상에서 보지 못했다. 다만 당신이 가고 난 그다음 해 핀 첫 꽃을 나 혼자 아픈 눈으로 바라보았다.

당신— 이 꽃 한 번만이라도 보고 가지 그랬어요?

느티나무

뒷대문 길 건너 바로 기슭에 오래된 느티나무 한 그루가 우리 집을 지키듯 서 있다. 우리 집 어디에서나 이 느티나무가 보인다. 특히 율려정사 문 앞에 서면 느티나무는 아주 당당하게, 혹은 너무나도 정겹고 포근하게 우리를 감싸고 있는 듯이 온 모습을 보여 준다. 남편이 침대에서 눈 뜨면 떠오르는 해를 배경으로 바로 보였을 것이 이 느티나무다. 경산의 방 동쪽으로 난 커다란 창문을 통해서 바라보이는 느티나무는 늘 그와 교감하고 있었다. 시인은 이렇게 느티나무를 노래하기도 했다.

우리 집 느티는 하늘땅 오르내리는 새들의 거처요 나의 방석이다 저녁이 오면 창 너머 건너와 큰 그늘로 지 방석을 가져다 놓고 저를 기다리게 한다. 깊게 거기 앉아 나를 뎁히는 너의 체온, 창 밖 한 마리의 새도 경로도 새로 보인다 기다림은 체온의 기억이다 당연한 기다림은 몸이겠지만 마음이

향도가 되어 길을 낸다 큰 나무는 제 자리를 비워 놓고 제
비움을 채우게 한다 마악 날아와 앉은 새의 가지가 그만큼
흔들린다 큰 나무 가지가 허공을 채워가는 고요의 우듬지
를, 생장(生長)의 곡선을 오늘도 가득 눈으로 만졌다 한 마
리 새로 가서 거기 앉았다 저린 몸 견딜 만하면 허공에 곱게
꽃으로 상감(象嵌)되었다

—정진규, 「큰 나무 방석」

경산에게 이 느티나무는 그립고 아픈 기억을 늘 떠오르
게 했다. 느티나무에는 6·25 전쟁 중에 행방불명이 된 그의
큰형에 대한 추억이 서려 있었다.

남편은 어렸을 때부터 항상 큰형만 따라다녔단다. 동네
꼬마들을 몰고 병정놀이를 할 때면 대장인 형의 제일의 졸
병은 자신이었고, 동네 대장이 자기 형인 것이 큰 자랑이었
는데, 병정놀이를 늘 하던 곳이 이 느티나무 아래였단다.

큰형이 중학교 때부터 서울에서 유학을 하게 되자 남편
은 얼른 방학이 되어 형이 돌아오기만을 기다렸단다. 그에

게는 큰형만이 형이었다고 했다. 큰형은 서울에서 동화책이며 잡지며 자주 사서 보내 주었단다. 남편은 자기 이름이 적힌 책이 도착할 때마다 하늘에 오른 듯했고 밤을 새워 그 책을 다 읽어 버리고 다음에 올 책을 기다리곤 했다는 이야기를 자주 했다.

경산은, 어머니께서 전쟁 중 행방불명된 큰아들을 찾아 여기저기 헤매실 때 같이 다녔던 것도 자기였고, 거제도 포로수용소에서 큰 소리로 "큰언니, 큰언니—" 외치던 그때 이후로 아주 어른이 되어서도 꿈속에서 형을 찾으며 흐느끼다가 깬 적이 가끔 있다고 말한 적 있다. 그런 큰형과 가장 가까이 있던 이 느티나무. 그래서 남편에게는 각별한 그 어떤 상징이었을 것이다.

우리가 보체로 돌아온 후 남편은 이 느티나무 아래에 자주 서 있었다.

어느 날 그가 "느티나무 아래에 평상을 하나 놓을까 봐. 오르내리기 불편하니 계단도 만들면 어떨까?" 하더니 바로 목수를 불러 의논했다. 커다란 평상이 느티나무 그늘 아래에 놓이고 길에서 평상까지 쉽게 오르내릴 수 있는 계단이 멋지게 짜였다.

남편은 동네 노인들을 불러 평상에 앉아 막걸리를 마시며 느티나무 그늘을 즐겼다. 세월이 흐르고 남편이 가고 나니 평상에는 이끼인지 뭔지, 푸르스름 거무스름 무엇인가 돋아서 앉기 꺼려졌고, 오르내리는 사람이 드무니 계단은 썩어 삐걱거리며 흔들리기 시작했다. 결국 느티나무 옆의 밭을 정리할 때 계단은 너무 위험해 뜯어내고, 다 썩어 가는 평상도 치웠다.

경산이 가고 나서는 왠지 이 느티나무가 늙고 쇠락해 보였다. 가지도 유난히 축 처져 보였는데, 우리 집 뒷대문 쪽으로 뻗은 가지는 대문 위로 힘없이 늘어져 성가시게 하기도 했다. 그래도 그 가지를 잘라 낼 엄두는 못 내고 있었다.

그가 가고 2년이 되던 해에는 폭풍이 불어닥쳤다. 느티나무는 폭풍을 혼자 맞은 듯 처참한 모습이었다. 가지들이 꺾이고 큰 가지 하나가 우지끈 부러져 나무 중턱에 비스듬히 걸쳐 있었다. 며칠 지나 살펴보니, 둥치 한쪽이 썩어 물이 고이고, 부러져 걸쳐 있는 가지에 짓눌려 주위의 가지들이 제대로 뻗지 못하고 있었다. 이대로 두면 안 될 것 같아 시청 산림과에 전화를 했다. 400년쯤 된 동네 느티나무가 지금 이런 사정이니 와서 좀 봐 주시고 가능하면 보호수로 지정해 주시면 고맙겠다고. 얼마 후 산림과 직원이 나와 조사를 하고 갔다.

직원 말이, 나무가 오래된 것은 틀림없고 이만한 수령을 가진 나무가 드무니 보호를 잘 해야 하는 것은 마땅한 일인데 보호수 지정은 어렵겠다고 했다. 보호수로 지정되려면 수령도 수령이지만 우선 수형이 아름다워야 하고 거기에 그 나무에 얽힌 전설이 있어야 하는데, 이 나무는 충분히 아름답지도 않고 전설도 없으니 보호수 지정이 어렵겠다는 말이었다. 그러나 수령이 높으니 관리는 해야겠는데, 지금 당장은 나무에 손 댈 때가 아니고 내년 초봄쯤 관리에 들어가겠다고 했다.

봄이 되고 산림과에서 사람이 나오기를 기다리고 있는데, 코로나 사태가 점점 심각해져 갔다. 모두가 정신없는 비상시국에 우리 집 나무 언제 봐 줄 거냐고 조를 수는 없었다. 때가 되면 해 주겠지 기다렸다.

봄이 지나고 초여름에 가까워질 무렵, 산림과 직원 다섯 명이 큰 장비를 가져와 느티나무 수술에 들어갔다. 가지를 쳐 내고 썩은 곳을 긁어내고 약을 발라 주고 붕대를 매어 주고…. 꼭 사람 수술하는 것과 같았다. 그들은 이른 아침부터 늦은 저녁때까지 꼬박 이틀을 일하고 나무 주위 정리까지 깨끗하게 해 주고 갔다. 내가 대접한 것은 시원한 차와 물뿐이었다. 고맙다는 인사야 수없이 했지. 정말 그토록 고마울 수 없었다.

느티나무는 젊어졌고 당당해졌고 아름다워졌다.

아울러 경산의 이야기가 전설처럼 후대에도 전해질 것이다.

남편의 생년월일

우리가 결혼할 때 시댁에서 내 친정에 보낸 사주에는 남편의 생년월일이 기묘(己卯) 음(陰) 동짓달 스무 사흘날로 적혀 있었다. 결혼하고 남편이 돌아가는 날까지, 나는 그날을 그의 생일로 알고 축하해 왔다. 그런데 주민등록상에는 1939년 10월 19일로 되어 있다.

혼인하고 남편 없이 시집살이를 시작한 지 얼마 되지 않은 어느 날, 시부모님 함께 계실 때 시아버님께 궁금하던 것을 여쭤보았다.

"아버님, 그이 생일이 사주에는 음력 11월 23일로 되어 있는데, 왜 주민등록에는 10월 19일로 되어 있어요? 어느 것이 맞나요?"

"응? 그래? 주민등록의 것이 맞지. 나는 아이들이 태어나면 바로 출생신고를 했으니까, 그게 맞는다."

옆에서 가만히 듣고 계시던 어머님께서 한 말씀 하신다.

"무슨 말예요? 나는 아이들을 모두 동짓달에 낳았어요. 애야, 사주에 쓰여 있는 것이 맞단다."

나는 어리둥절해서 이분 한 번 쳐다보고 저분 한 번 쳐다보고 했다. 두 분은 다투기 시작하더니 시아버님 언성이 높아지기에 이르렀다.

"아니에요, 어느 날이면 어때요."

나는 겁이 나서 기어드는 목소리를 하고는 얼른 일어나 부엌으로 갔다. 잠시 후 안방이 조용해졌다. 두 분 논쟁은 판정 없이 그대로 끝난 것 같았다. 어느 분도 내게 어느 날이 맞는지 말씀해 주신 적이 없다. 그래서 어느 날이 맞는지 남편 본인은 물론 나도 모른다.

내가 잘 모르는 밤

본채 덱 한쪽에 간이 찻상과 의자를 놓아두었다. 여기에 앉으면 마당이 다 보이고 대문으로 들어서는 사람이 정면으로 보인다. 때로는 우리 집 대문 앞을 지나는 동네 사람들이 흘끗 우리 집을 들여다보다가 얼굴이 마주치면 눈인사를 한다.

여기는 비가 와도 들이치지 않아 비 오는 마당을 한없이 바라볼 수 있어서 좋다. 바람 부는 날이면 매달아 놓은 풍경 소리 듣는 것도 좋고. 그래서인가 경산은 자주 여기 앉아 있곤 했다. 지금은 늘 빈 의자로 그냥 있지만.

달빛 좋은 밤, 소리 없이 비 내리는 밤, 바람 불어 풍경 소리가 마음을 달래 주는 밤, 남편은 여기 혼자 앉아 있곤 했다. 사실을 말하자면, 나는 그가 여기에서 혼자 밤을 새우고 있는 모습을 별로 보진 못했다. 가끔 우리 집에 와서 나와 함께 자고 가던 조카애가 내게 "아저씨 또 바깥 마루에 혼자 앉아 계시네요." 하곤 했다.

그는 잠 안 오는 밤을 여기 혼자 앉아 지새우면서 무슨 생각을 했을까. 나는 왜 한 번도 그런 밤을 함께 보내지 못했을까. 서울에서나 여기에서나 나는 늘 낮의 힘든 삶을 잠으로 보충하느라 그가 '혼자 새우는 밤'을 알지 못했다. 그가 생전 입에 달고 살던 말— 외로워.

지금은 비어 있을 때가 많은 자리.

볕 좋은 가을날.

검은 소파

제자들이 여럿 와서 긴 이야기를 나누거나, 공부를 할 때 경산은 주로 2층 소파에 앉아 있었다. 엎드려 붓글씨를 쓰다가 쉴 때, 아무도 모를 자기만의 세계에 파묻혀 그냥 있을 때에도 줄곧 앉아 있던 곳이다.

혼자 턱 괴고 비스듬히 기대앉아 그는 어디를 그렇게 헤매었을까. 아니면 깊은 어느 굴속에서 몇천 년을 지내고 있었는지…. 누가 그의 세상을 알 수가 있을까.

부채

친정어머니를 모시고 살던 동생이 부채 하나를 가져다주었다.

어머니 돌아가시고 유품을 정리할 때 발견해 자기가 간수하고 있었는데, 이제는 형부의 유품도 되는 것 같아서 언니에게 주는 것이 맞겠다는 생각이 들어 가지고 왔다고 했다.

남편이 부채에 글씨를 쓰고 그림까지 그려서 어머니께 드린 때가 갑인(甲寅) 천중절(天中節)이라 했으니, 1974년 단오 무렵이었던 것 같다. 그런데 어찌 되었는지 나는 이 부채에 대한 기억이 없다.

1974년이면 내가 교사로 채용된 지 한 3년 되었고, 남편은 진로 홍보실에서 일을 하던 때여서 그럭저럭 생활이 좀 안정되기 시작했을 때였다. 아마 남편은 장모님께 늘 미안했었나 보다. 단오 즈음에 부채를 선물로 드려서 그동안의 마음을 표현했었나 보다.

안경

그의 눈은 건강했다. 눈이 아프다는 말을 들은 기억이 별로 없다.

평생 책을 읽고 글 쓰면서 돋보기는 비교적 남보다 늦게 사용했다. 나이 들어 보안을 위해 안경을 쓰기도 했다.

돋보기안경을 처음 썼던 날 쓴 남편의 시.

돋보기안경을 새로 맞춰 썼더니 당신의 얼굴 날내 나게 화
   안하다
보이던 부처님 어디 가셨다 괜한 짓 했다

—정진규,「돋보기안경」

경산체

남편은 붓글씨 쓰기에 묻혀 산 적이 있었다. 젊은 날 학교에 있을 때, 여름 방학 내내 꼼짝 않고 종일 글씨만 써 댄 적도 있다. 체본(體本)이 있는 것이 아니고 그냥 자기 식으로…. 그러다가 "정식으로 글씨를 배워야겠어." 했다.

그러던 중 근원(近園) 선생을 만났다. 선생을 만난 후 글씨에 빠져 살았다.

자유로운 그의 영혼은 자기 글씨를 찾아냈다. 언제고 혼자 있을 때에는 글씨를 썼다. 어디에건 썼다. 누구건 써 주었다. 내게도 수없이 써 주었다. 그러고는 혼자 좋아했다. 언제부터인가 사람들이 그의 글씨를 '경산체(絅山體)'라 불러 주었다.

그 후 경산은, 선비는 시서화(詩書畫)를 해야 하는데, 당신은 그림이 잘 되지 않는다고 늘 아쉬워했다.

단장들

조지훈 시인은 30대부터 단장을 짚으셨다고 한다. 그 당시에는 젊은이들도 영국 신사처럼 단장을 멋으로 짚고 다녔단다.

시인을 흠모했던 남편은, 그 시절 시인께서 사시던 성북동 뒷산에서 단장 짚고 나무에 기대서신 사진을 평생 자기 방문 앞에 걸어 두었다. 그는 모든 것을 스승이신 시인을 닮고 싶어 했다. 자기 말로는, 기침하는 것까지 닮고 싶어서 공연히 새벽 기침을 한다고 했다.

수유리 살 때, 남편이 다리를 다쳐서 한 달 가까이 입원을 했었다. 퇴원할 무렵 의사 선생님이 의료용 지팡이 사용하는 법을 가르쳐 주면서 신신당부했다.

"당장은 필요하니까 이 지팡이를 쓰셔야 하지만, 열심히 연습하셔서 될 수 있는 대로 빨리 지팡이 떼고 걸으세요. 지팡이에 의지하지 않으셔야 회복이 빨라집니다. 명심하시고 하루속히 혼자 걷도록 하십시오."

"네, 그러지요."

남편은 대답은 이렇게 해 놓고 그날부터 멋진 지팡이를 찾기 시작했다. 백화점 지팡이 코너 투어를 하고, 제자들이 유럽에서 이름난 지팡이를 구해다 주고, 미국에 있는 여동생에게까지 소문을 내 시누이가 오빠 마음에 들 만한 것으로 이것저것 골라 보내 주기도 하고…. 그는 원 없이 지팡이 호사를 누렸다.

남편이 돌아가기 전 마지막으로 입원해 있었던 병원 침대 옆에도 지팡이 하나가 벽에 기대 서 있었다.

장갑

그의 추위는 손으로부터 오는 모양이었다.

가을이 깊어 가면, 겨울이 오기 전에 장갑부터 찾았다. 그리고 대개는 겨울이 깊을 때, 또는 봄이 오기 전쯤 장갑을 잃어버린다.

그가 가던 전해에는 장갑을 일찍부터 두 벌 사 놓고 잃어버릴 것에 대비했었다.

과연 한 켤레는 잃어버렸고, 잘 쓰지 않고 대비해 두었던 나머지 하나는 남아 있다. 이것은 이제 잃어버릴 기회가 사라졌다.

그 집 앞마당 푸조나무 아래서 장작을 패다가 그 푸조나무 낮은 가지에 벗어두고 온 내 장갑 한 켤레, 지금도 그렇게 남아 있을까 비 맞고 눈 맞고 그렇게 버려져 있을까 세상 떠난 그 집 주인 여자의 안방 서랍 속에 주인도 없이 간수되어 있을까 다른 것들의 분실과 달리 내 장갑들의 분실은 유독

배경이 있다 잊혀지지 않는, 그 까닭을 규명하는 일이 내 한 생의 사업이 되어왔다 푸조나무와 장작패기는 내 장갑 분실과의 어떤 필연이 있는가 장작패기보다 푸조나무의 멋진 이름에 필연이 내장되어 있던 것으로 자꾸 나는 확신이 간다 어김없이 지난겨울에도 나의 장갑 분실은 연례행사로 있었는데 그건 아내가 결혼 오십 주년으로 새로 맞춰준 검정 오버를 차려 입고 떠난 과분한 경주 여행길에서였는데 어쩐지 자꾸 맨살로 아내의 손에 머물고 싶었다 장갑을 자주 뺐었다 그렇게 손에 들고 다니다가 불국사 동리 목월 문학관 방문길 방명록 곁에 놓아두고 왔다 상경 길에 전화로 기차 속에서 보관을 부탁한 게 그 문학관 부장품 중 하나가 되어버린 영광스런 분실물이 되고 말았다 언제 찾으러 갈지 예정에 없다 이제 가을이 깊어지고 있다 아내는 올부터 장갑 장만은 내 삶의 목록에서 빼자고 선언했지만 나는 벌써부터 백화점을 기웃거리고 있다 장갑의 분실은 나와 필연인 것을 왜인지 포기할 수가 없다 분실은 내 인생의 소중한 품목이다 저승길 갈 때도 소장품이 될 것이며 내 문학관이 사후 생기기라도 한다면 소장품으로 반드시 진열되어야 하리라는

생각이다 특히 내가 그간 분실한 여인들과 대비 연구가 있

기를 바란다

　　　　　　　　　　　　—정진규,「내 장갑들의 분실에 대하여」

신발

이 많은 신발을 신고, 당신은
어디를 딛고
어느 땅을 밟고
어떤 곳을 다녔을까
신발이 무거워, 너무 무거워서
당신, 늘 그렇게 다리가 아팠나 보다

이제 벗어 버렸으니
훨훨 가고 싶은 어디든 가겠지
그 좋아하던 맨발로
휘이휘이
가벼운 영혼의 날개로
가고 싶은 어디든 가겠지

285

먹춤

춤을 추면서 먹으로 글씨를 쓴다. 굿을 하듯 춤을 추면서…. 신들린 그의 온몸은 먹이 되고 붓이 되어 펼쳐 놓은 흰 바탕에 글씨를 써 내려간다.

그가 적어 놓았던 메모 몇 줄.

시가 좋아야 글씨도 좋다
시가 좋으면 먹춤을 추고 싶다
좋은 시 행복한 먹춤

포도원 주인 류기봉 시인의 포도원에서 그는 먹춤을 추었다. 고려대학교에서도, 월정사에서도 먹춤 행사를 했다.

무슨 이유에서였을까. 나는 한 번도 그의 먹춤을 보지 못했다. 그는 내게 보러 오라고 하지 않았고 나는 어디서 그런 행사가 있는 줄도 모르고 있었거나 알아도 가 보겠다는 말을 하지 않았다. 나는 그저 무명옷을 빨아 다려서 보자기에 싸 주었을 뿐이었다.

남편과 함께한 마지막 10년

2008년, 남편의 고향 보체로 돌아와서 우리는 10년을 살았다.

처음 몇 년은 남편이 일주일에 세 번, 월·수·금 하루걸러 서울 인사동 현대시학사 사무실로 출근을 했고, 『현대시학』에 손을 끊고부터는 늘 석가헌에서 지냈다.

『현대시학』은 그의 삶이었지만 영원한 것이 어디 있겠는가. 모두 인연이 다하면 제 갈 길로 돌아서는 것인 것을⋯.

남편도 나도 비교적 체념이 빠르고 냉정한 편이어서, 어디에나 무엇에나 연연해하지 않았으므로 아무 일 없었던 듯 당해진 생활을 받아들이고 또 그로 인해 주어진 여건을 즐겼었다. 남편은 또 다른 자기 일을 찾아 즐겼고 나도 그랬다.

남편이 현대시학사로 출근하던 때까지, 나는 일주일을 happy day와 free day로 나누었다. 먼저 남편과 함께 24시간을 보내는 일·화·목·토요일은 happy day.

결혼 초부터 우리는 둘만의 시간을 가져 본 일이 없었다. 신혼여행도 없었고, 신혼생활이랄 것도 없었다. 결혼식 마치고 바로 그는 군대로 돌아갔고, 나는 낯설고 낯선 시골의 시댁에서 시집살이를 했다. 고난의 행군 같은 우리의 결혼 생활은 이렇게 시작했었다. 그러니 이제는 둘만의 생활을 하자는 것이었다. 어찌 이런 날이 happy day가 아니겠는가.

나머지 월·수·금요일은 free day.

이 넓은 집에 그야말로 나 혼자. 아, 얼마나 자유로운가. 남편이 일찍 출근하고 나면 온전히 혼자다. 낮잠을 자도 좋고, 먹기 싫으면 끼니때 안 먹어도 상관없다. 마루에 음악 크게 틀어 놓고 되는대로 막춤을 춰도 볼 사람 없으니 땀 날 때까지 흔든다. 힘들다 싶으면 침대로 가 큰대자로 누워 '여기가 천당인가?' 한다. 그러다가 갑자기 서러워지면 소리 내어 운다. 안구 건조증이 있는 나는 눈물이 안 난다. 눈물을 철철 흘리며 울고 나면 시원할 것 같은데, 눈물이 안 나니 길게 울 수도 없는 노릇이다. 그냥 누워 있다. 깜빡 잠이 들었다가 놀라 깨기도 하고 개 짖는 소리에 밖을 내다보면서 일어나 일거리 찾아 움직이기도 한다. 마당으로 내려가면 내 손 기다리는 것이 많다. 바쁠 것도 서두를 것도 없이 천천히 만져 나가다가 들어와 물 한 잔 마시고 보통 때 남편이 차지하고 있던 소파에 앉아서 텔레비전 보다가 재미있으면 계속 보고 그렇지 않으면 일어난다. 그러다 보면 뉘엿뉘엿 저녁이 온다.

이 집은 석가헌이라는 이름답게 저녁이 되면 마당에서부터 참으로 아름다워진다. 서쪽 하늘에서 표현하기 힘든 어떤 기운이, 감미로운 슬픔 같은, 그러면서도 안온한 기운이 가슴으로 들어온다. 새집 짓기 전 고옥이었을 때 마루 끝에 가만히 앉아 계시곤 하던 시아버님 모습이 떠오른다. 그때 아버님의 가슴속이 어떠하셨을지 지금은 조금 알 것 같다.

이곳에서 남편은 청년처럼 일했다. 여덟 권의 책을 냈고 다섯 개의 문학상을 탔다. 남편이 이렇게 일하는 동안 나는 무엇을 했을까?

시집들 그리고 수상

경산은 2008년 고향으로 돌아와서 10년 사는 동안 여덟 권의 시집을 냈다.

2008년 활판 시선집 『우리 나라엔 풀밭이 많다』(시월)

2009년 『공기는 내 사랑』(책만드는집)

2011년 『율여집(律呂集)·사물들의 큰언니』(책만드는집)

2012년 육필시집 『청렬집(淸洌集)』(지식을만드는지식)

2012년 한국대표명시선 100 『밥을 멕이다』(시인생각)

2014년 『무작정』(詩로 여는 세상)

2015년 『우주 한 분이 하얗게 걸리셨어요』(중앙북스)

2017년 『모르는 귀』(세상의 모든 시집)

그리고 현대불교문학상(2008), 이상시문학상(2009), 만해대상(2010), 김삿갓문학상(2011), 혜산박두진문학상(2014)을 수상했다.

임종

그날, 남편이 가던 그날 아침.

주치의는 별말이 없었다. 그런데 나는 그냥 알았다. 오늘 내일을 넘기지 못하겠구나.

민영이에게 말했다.

"지금 안성 집에 좀 다녀와야겠다."

아들은 아무 말 없이 차를 댔다.

안성 집에는 손자 상현이가 제 친구들과 함께 집을 지키고 있었다. 상현이에게 일렀다.

"마당을 정리하고 몸조심하고 조용히 있거라."

나는 이승에서의 남편의 마지막 옷을 챙겼다. 서울로 다시 올라가는 차 안에서 병원의 연락을 받았다. 임종이 임박한 것 같으니 가족들에게 연락하고 곧 중환자실로 오라는 것이었다. 아들은 빨리 달려도 앞으로 40분은 더 걸릴 것 같다며 다른 식구들에게 모두 모이라 하고 그 와중에도 침착하게 운전했다. 나도 민영이도 아무 말이 없었다.

중환자실로 들어가니 아이들이 아버지의 침대를 둘러싸고 다 모여 서 있었다. 남편은 잠들어 있는 것 같았다. 간호사는 남편에게 줄줄이 매달린 줄들을 이리저리 옮기기도 하고 조절하기도 하면서 조심스레 정성을 들여 움직였다.

그의 생명을 붙잡고 있는 숫자는 조금씩 줄어 가고 숨 막히는 정적이 우리를 감싸고 있었다. 모니터에는 긴 줄이 나타나고 숫자는 0이 되었다. 의사가 사망을 알렸다.

2017년 9월 28일 22시 28분.

0을 사이에 두고 삶과 죽음이 이어져 있었다.

남편의 환자복을 내가 가져간 당신의 옷으로 갈아입혔다. 그가 마고자 속에 입었던 분홍색 저고리의 빛 때문이었나, 그는 편안하고 고운 모습으로 눈을 감고 있었다. 소리 죽여 오열하는 식구들의 소리를 그는 듣고 있는 것인가.

그 후

삼우제가 끝나고 나는 아들에게 부탁했다.

　아버지 쓰시던 방의 바닥과 마루에 쌓여 있는 책들은 정리를 해 다오.

　바닥이 드러난 방과 마루는 휑하게 넓어져서 그의 부재가 여실히 드러났다.

　이런 세상을 이제 나 혼자 살아가야 한다.

　문상객들과 아이들이 각기 자기들의 삶터로 돌아가고 해는 저물어 사위에 어둠이 깔리기 시작한다.

　나는 평소처럼 내 침대에 누웠다.

　고요하다.

　그가 생존해 있을 때의 일상과 다를 바가 없다. 아니, 그러고 보니 텔레비전 소리가 안 들린다. 그는 보든 보지 않든 늘 텔레비전을 켜 놓았다. 책을 보거나 글을 쓰거나 밥을 먹거나 심지어 나와 이야기할 때도.

때로 우리가 이야기하는 동안 너무 방해가 되는 것 같아 "저 텔레비전 좀 끄면 안 될까?" 하면 남편은 마지못해 그러라고 했다. 우리 이야기 끝나고 내가 방으로 들어가면 달려가서 다시 텔레비전을 켜곤 했다.

이제는 텔레비전도 친구를 잃고 조용히 입 다물고 있다.

스승과 제자

정진규, 그의 시가 아직 미숙했고, 이제부터 정말 스승의 그늘이 필요할 때 그의 스승 조지훈 선생님은 그냥 가셨다.

장례 내내 그는 눈물 한 방울 흘리지 않았다 했다. 장례 치르고 집으로 돌아온 그는 밤새 울고 며칠을 잠만 잤다.

남편은 서로 아끼고 사랑하는 제자가 참 많았다.

한 제자가 말했다.

"선생님, 제가 2년 후 퇴직하면 선생님 모시고 별의별 곳 다 다닐 거예요."

스승은 그 제자가 퇴직도 하기 전에 서둘러 떠났다.

남편이 가고서 얼마 후 뒷문을 열고 나가니 그 제자가 느 티나무 아래에 서 있었다. 언제부터 그렇게 혼자 서 있었는 지….

이튿날, 그로부터

눈을 떴다. 달라진 것은 아무것도 없다.

일어나 마루로 나온다. 그의 방은 문이 닫혀 있다.

나는 별생각 없이 식탁에 앉아 물 한 잔 마신다.

남편이 살아 있을 때는 어땠었나? 무엇이 달라졌나? 아무 생각이 나지 않는다.

일어나 다시 내 방으로 들어간다. 다시 침대로 들어가 눕는다. 그냥 가만히 있다.

잠깐 또 잠이 들었었나. 창문이 하얗다. 날이 새었다.

아침밥을 지어야 하나?

내가 그날 어떻게 지냈는지 별로 생각나는 것이 없다.

그가 간 지 3년이 넘었는데 그러니까 그동안 혼자서 이렇게 살았는데 무얼 하고 어떤 마음으로 살았는지는 생각나는 것이 없다. 그냥 저절로 살아진 것 같다.

배고프면 먹고 졸리면 잤다. 아프면 병원 가고 누가 웃기면 웃고 오라면 갔다.

밭 두어 고랑에 푸성귀 심어 자라면 먹고 마당에 잡초가 나면 뽑고 나무들이 제멋대로 뻗치면 정원사 불러 다듬어 달라고 했다.

가끔 서울에 올라간다. 얼마 전부터는 인사동 남편이 걷던 그 골목길에서 그가 구부리고 앉아 『현대시학』 교정을 보던 그 사무실을 힐끗 잠깐 보고 거기를 지나서 붓글씨 공부하러 가기도 한다.

그게 전부다. 앞으로의 세월도 얼마간은 아마 그럴 것이다.

봄볕 아래에 있는 것 같던 나날

석가헌에서 우리 둘이 사는 동안 아무 일도 일어나지 않
았다.
　조용하고 고요했다.

　남편은 잠깐 병원에 들렀다가
　다시 돌아와 봄볕 아래에서 졸고, 소파에 묻혀 앉아 또
졸고….

　경선아,* 밥 먹자—
　전화해서 나갔다가 돌아오고,
　그렇게 우리 내외는 더 더 늙어갈 것 같았다.

　남편의 몸은 병원에서 돌아오지 않았다.
　그는 그냥 당신의 아버지 곁으로 곧장 혼자 가 버렸다.

석가헌에는 체취만 남기고
나를 매어 두었다.

* '경선'은 남편의 제자 조경선 시인을 말한다. 율려정사를 손봐 주기도 했다.

이제

경산은 이 집에서 그의 생을 마감했다.

　본처로 돌아가며 그는 이 댁 자손으로서 그리 부끄럽지 않았다고 여겼을 것이다.

　홀로 생각하며 안타까운 것도 아쉬운 것도 많았겠지만, 조상님들이 용서해 주실 거라 스스로 위로했을 것 같다.

　이 댁을 이어 갈 자손들을 키워 왔으니, 이제 그 아이들이 조상을 뛰어넘을 '사람'으로 성장하고 이 집안을, 세상을 이끌어 갈 것이라 믿어서 그는 조용히 편안한 얼굴을 하고 떠나갔다.

　어느 별에선가 그가 다시 태어난다면 아마 거기서도 사랑하는 모국어로 시를 쓰리라.

부록

동래정씨 기록

기유재기

석가헌의 원래 자리는 기유년(1729년)에 표천공(飄泉公) 정홍순(鄭弘淳) 어른이 아버지이신 참판공(參判公) 정석삼(鄭錫三) 어른의 유택을 이곳에 모시고 3년간 시묘하실 때 머무셨던 묘사(墓舍) 터다. 그 묘사를 '기유재(己有齋)'라 스스로 명명하시고, 종제(從弟) 정경순(鄭景淳) 어른께 권유해 「기유재기(己有齋記)」를 짓도록 하셨다. 또한 같은 종제이신 정지순(鄭持淳) 어른께서 기유재 현판의 글씨와 함께 「기유재기」를 목판에 쓰셨다.

아래는 「기유재기」를 현대어로 옮긴 것이다(국립한국고전문학번역원의 이종찬 선생님이 번역을 하고 팔 대손 정진규 시인이 교열을 보았다).

기유재기(己有齋記)

나 경순(景淳)이 태어나 아홉 살이 되었을 때 아버지께서 돌아가셨다. 그리고 당숙(堂叔)이신 참판공(參判公)은 선친보다 한 살 적은 동생이셨는데 1개월 뒤에 세상을 떠나셨다.
나중에 판서(判書)를 지낸 재종형(再從兄)은 그때 나보다 겨
우 한 살이 많았다. 그해가 바로 기유년(己酉年)이다. 두 집
안의 아들들은 멍한 상태에서 상(喪)을 치렀는데, 당시에 비
록 어려서 무지하긴 했어도 서로를 가련하게 여기고 아껴
줄 줄 알았다. 그 뒤로 어느덧 세월이 흘러 장년(壯年)이 되
었고 몸이 노쇠해지는 나이가 되었다. 때때로 서로 대할 일
이 있으면 그때 생각이 나서 비감(悲感)이 얼굴에 드러나곤
하였다. 그리고 지난날을 회상할 때면 또 장년과 노쇠를 자
위(自慰)하지 않은 적이 없다. 을유년(乙酉年)에 내가 호남
(湖南)에서 관리로 있을 때 형에게 보낸 시(詩)에 "두 집안
에 울어 대던 고아(孤兒)들이 자라나서 유년(酉年)을 세 번
지나 이제 노인이 되었네"라는 구절이 있다. 이에 대한 형의
답시(答詩)에, "재실(齋室) 이름 기유(己有)라 한 건 그 고
아가 생각나서지"라 하였다. 그리고 풀이하기를, "나는 시
인 백거이(白居易)의 「광음기유(光陰己有)」와 주자(朱子)
의 「가거기유(家居己有)」 시(詩)에 감동받은 적이 있네. '기
유(己有)'의 '기(己)'는 기유년(己酉年)의 '기' 자와 같고 '유

(有)’는 ‘유(酉)’ 자와 음이 같지. ‘기유’라 한 것은 고인의 시를 원용(援用)하여 그렇게 되기를 바랐고, 한편으로 거기에 내 애통(哀痛)을 담은 것이라네. 이것이 안성(安城)의 묘사(墓舍)를 ‘기유(己有)’라 한 이유라네. 자네가 나를 위해 기문(記文)을 지어 주게.” 하였다. 이에 내가 그러마고 대답하고는 아직 결행하지 못하였다. 비록 재실 이름은 붙였으나 형은 당시 아경(亞卿)으로 계속 정무(政務)에 바빠 당숙의 묘소를 용인(龍仁)에 두고 안성(安城)으로 이장(移葬)하지 않은 때였다. 그러다 계유년(癸酉年) 봄에 비로소 합부(合祔)의 예를 행하고, 그 뒤로 8~9년 뒤 형의 지위와 나이가 더 많아진 어느 때, 서원(西原)의 내 관소(館所)로 편지를 보내왔다. “기문에 대해서는 이번에도 말할 게 없는가?” 하기에 내가 답장하기를 “형은 나와 재종형제간이고, 나이도 비슷하고 부모 잃은 심정도 같습니다. 형의 재실에 기문을 써서 그 마음을 말하기로 하면 나만큼 적임자도 없을 것입니다. 이제는 글재주가 없다고 사양도 못하겠습니다.” 하고 허락하였다.

효자는 부모에 대해 걸음마다 잊지 못하고 죽을 때까지 그리워하는 법이다. 형체가 없어도 그 모습을 보고 소리가 없어도 그 소리를 듣는다. 형체나 소리가 없어도 보고 듣는데, 가까이 계시는 경우야 말해 무엇 하겠는가. 더구나 어버이의 죽음은 얼마나 큰일인가. 그 돌아가신 해를 더욱 잊을 수 없을 것이다. 게다가 '기유(己有)' 와 '기유(己酉)'는 자음(字音)이 같기에 감응(感應)하는 마음이 자연스레 생겨난 것이다. 이것이 형이 재실 이름에 두 의미를 담은 이유이고, 무궁한 효성(孝誠)을 표하려는 뜻이다. 비록 그러하나 '기유(己有)'의 의미는 쉽게 말할 수 없다. 사대부(士大夫)가 벼슬에 나가 임금을 섬길 때는 이미 효심(孝心)을 옮겨 충심(忠心)을 바치는 터라 죽도록 부지런히 일해야 한다. 적당히 세월을 보내거나 대충 시간이나 끌면서 벼슬을 사유물로 여겨서는 안 된다. 더구나 우리 집안은 게으름을 안 부리고 충성을 다해 왔다. 그것이 형에게까지 전해지고 있는 것이다. 그러고 보면 시인 백거이의 이른바 '관직 생활은 날마다 일편단심으로 해야 한다'는 말은 바로 형을 위해 한 말이라 하겠다. 그런 점에서 종전까지 형의 관료 생활은 조상의 행적을 이어

받은 것이라 할 수 있다. 그런데 우리 선조들의 관료 생활을 가만히 살펴보면, 총애 받을 때 두려워하고 지위 높을 때 만족하라는 경계(警戒)를 항상 유념(留念)하였다. 그러다 보니 '전원(田園)에서 한가하게 은거(隱居)한다'는 명성(名聲)까지는 아니어도 전원에 대한 생각을 잊은 적이 없었다. 주자의 이른바 '은퇴 후 한가로운 삶에 마음을 다한다'는 말이 형을 충분히 흥기(興起)시켰을 것이다. 형의 말년(末年)의 뜻 역시 만족할 줄 알았던 조상의 뜻을 계승하려는 마음이 어찌 없겠는가. 재계(齋戒)하며 조용히 살려는 생각과 부모를 그리는 마음을 생각할 때, 어찌 하루라도 기유년(己酉年)을 잊은 적이 있겠는가. 아아, 기유년을 못 잊는데 선조(先朝)를 어찌 감히 잊겠는가. 조정에 서서는 밤낮으로 최선을 다하여 낳아 주신 부모를 욕되지 않게 하고, 물러나 집안에 거할 때에는 노년을 여유롭게 즐기며 선조의 발자취를 따를 것을 생각했을 것이다. 그리하여 '기유(己有)' 시(詩)가 마음속에 부합되게 노력했을 것이다. 그리고 보면 기유년(己酉年)의 일로 해서 '기유(己有)'의 의미를 생각하게 된 것이지 '기유(己有)'로 해서 기유년(己酉年)을 생각한 것은 아니다.

다만 생각건대, 조상이 걸어온 관료의 길을 계승한 행적은 드러났으나 은퇴하여 한가롭게 지낸 조상의 뜻을 계승하려는 뜻은 아직 은미(隱微)하고, '기유(己有)'의 의미는 분명하게 밝혔으나 '기유(己酉)'의 의미는 숨겨져 있다. 이 은미하고 숨겨져 있는 뜻은 다른 사람이 알기 어렵고 도(道)를 아는 자와 논할 수 있을 것이다. 이것이 형이 재실 이름을 '기유(己有)'라 명명(命名)한 이유이고 동생인 내가 기문을 쓰게 된 까닭이다.

동생인 나는 불초(不肖)한 사람이라 선조의 가업(家業)을 실추시켜 선친(先親)에게 욕을 끼쳤다. 그러나 가만히 따져 보면 주현(州縣)을 다스리는 관리로 20년간 봉직했고, 지금은 피로하여 쉬어야 할 때임을 알고 있다. 지금 생각으로는, 여생은 선조의 묘가 있는 곳으로 돌아가 늙어 가고 싶다. 경전(經傳)을 정리하고 지난 잘못을 뉘우치며, 부족한 덕(德)을 닦고 만분의 일이나마 불효의 죄를 씻으련다. 그리고 한강(漢江) 남쪽에서 노둔한 말을 타고 서서, 은퇴하고 돌아오는 형을 기다릴 것이다. 그러다 보면 장차 형이 이 재실에

거하는 모습을 보게 될 것이다. 그곳이 묘소와 가까워 애통한 마음이 절로 일어날 것이고, 궤장(几杖)에 의지하여 편안하면 덕이 밖으로 환하게 드러날 것이니, 아마도 자신도 모르는 사이에 절로 그렇게 될 것이다. 그렇게 날마다 달마다 얻는 것은 모두 실제 형의 소유로 만든다면, 효도를 다하려 한 『시경(詩經)』의 개풍시(凱風詩)가 늙을수록 더욱 의미 있고, 세상에 반드시 형을 위해 기문을 지어 줄 사람이 있어, 한 시대가 그것을 훌륭하게 여기고 후세 사람들이 그 글을 외우게 될 것이다. 그리되면 형이 재실의 이름을 명명한 본의가 앞으로 자연스럽게 드러나고 밝혀지게 될 것이니, 그때에는 어찌 동생의 글을 기다릴 필요가 있겠는가.

동생인 나는 고아라는 점에서 형과 심정이 같고 나이로 볼 때에도 성쇠(盛衰)를 함께 하고 있으니, 우리는 두 사람이면서 한 사람이라 할 수 있다. 같지 않은 것은 다만 외형(外形)일 뿐이다. 그러니 형의 재실편액을 옮겨 내 집에 건다 해도 그것을 보는 자들은 바꿀 수 없을 것이다. 그렇게 되면 앞으로 많은 시간들이 형의 소유가 될 뿐 아니라 나의 생활도

'산 속의 한가로운 은거'라 칭해도 그다지 허물이 안 될 것이다. 정도(正道)를 몸소 행하며 은거했던 옛날 '9명의 낙양(洛陽) 노인' 중에 하나가 어찌 내 차례가 못된다고 단정할 수 있으랴. 그리되면 세상에 크게 영향 주지 못했던 나 같은 사람도 행동으로 말을 실천하는 사람이 될 수 있을 것이다. 군자(君子)의 진퇴(進退) 문제로 말하자면 그것은 관계되는 바가 매우 크니 비록 형이 능력이 없다는 이유를 대며 벼슬을 그만두고자 해도 어찌 쉽게 될 수 있겠는가. 그러니 우선 이렇게 글을 지어 형의 뜻이 이루어지기를 기대하며, 이 글이 형의 의도했던 뜻에 부합되었기를 바라는 바이다.

계사년(癸巳年) 7월에 재종제(再從弟) 경순(景淳) 짓고 지순(持淳)이 글씨를 쓴다.

재실 기유재(齋室 己有齋)

영조조(英祖朝) 영의정공(領議政公) 휘(諱) 석삼(錫三)(경오(庚午·1690년) 5월 23일 생~기유(己酉·1729년) 2월 1일 졸)의 아드님 표천공(飄泉公) 휘(諱) 홍순(弘淳)(경자(庚子·1720년) 10월 12일 생~갑진(甲辰·1784년) 1월 25일 졸)이 묘사(墓舍)를 짓고 명명(命名)하시다.

재실기문(齋室記文)

계사년(癸巳年) 7월 표천공(瓢泉公)(휘(諱) 홍순(弘淳))의 재종제 (再從弟) 휘(諱) 경순(景淳)께서 짓고 휘(諱) 지순(持淳)께서 글씨를 쓰시어 현판을 거시다.

기유원 내력

2001년 이 댁(동래정씨) 칠 대 종손이신 은암공 완(完) 자 모(模) 자를 쓰시던 아버님께서 지시하시어 진규와 진석 두 아들이 조성한 가족묘원을 기유원(己有園)이라 이름했다. 기유원 입구의 돌에 새긴 '己有園' 글씨는 아버님의 친필이다.

그 이듬해 아버님께서 소천하셨고, 2008년 우리 내외가 서울 생활을 끝내고 본가로 귀향했다. 남편은 이 댁 묘지기로 돌아온 것이라며 만족스러워 했다.

여기 팔 대손 진규가 찬(撰)한 명(銘)을 옮겨 기유원을 만들게 된 내력과 그 뜻을 밝힌다.

기유원명(己有園銘)

여기 원년(元年) 빛살 부신 부상(扶桑)이 있고 원천(元泉)의 생명이 샘솟는 남상(濫觴)이 있다. 이곳은 처음 영조(英祖)

기유년(己酉年)(1729년) 2월 1일 동래정문(東萊鄭門) 후예(後裔)이신 영상(領相) 양파공(陽坡公)(휘(諱) 태화(太和))의 증손(曾孫)되시는 정공(鄭公) 영의정(領議政)(휘 석삼(錫三))의 유택(幽宅)을 모신 곳이다. 여기 그 슬하(膝下)에 산재해 있던 유택들을 한자리에 모셨다. 그의 아드님이신 석상(右相) 표천공(瓢泉公)(휘 홍순(弘淳))의 유택은 본래 충남(忠南) 보령시(保寧市) 삼북면(川北面) 신죽리(新竹里) 광산(光山)에 계셨고 삼대손(二代孫) 목사공(牧使公)(휘 동교(東敎))의 배(配) 용인(龍仁) 이씨(李氏)의 유택은 표천공 묘하(墓下)에 목사공을 비롯한 삼대(三代)의 유택은 경기(京畿) 안성시(安城市) 보체리(保體里) 선산(先山)에 각기 모셔져 있었다.

칠 대(七代) 종손(宗孫) 은암공(隱巖公)(휘 완모(完謨))께서 서기 2001년 미수(米壽)를 맞아 2000년대에는 수백 년간 지켜온 전례(典禮)대로 선영(先塋)을 모실 수 없게 된 사회적 문화적 변화를 통감하고 새 시대에 맞는 예(禮)로써 선영 관리(管理)를 강구토록 지시하셨다. 이에 팔 대손(八代孫) 진규(鎭圭) 진석(鎭奭)은 국토(國土)의 효율적 관리를 위한 국가 시책에 부응하고 후손들이 새로운 세대에도 예에 어긋남

이 없이 선영을 모실 수 있도록 아담한 가족 묘원을 조성하고 유택을 모두 한곳으로 모셔오기로 하였다. 묘원(墓園)을 기유원(己有園)이라 이름한 것은 기유년(1729년)에 표천공(휘 홍순)께서 아버지(휘 석삼)의 유택을 이곳에 모시고 삼 년간 시묘(侍墓)하실 때 그 묘사(墓舍)에 기유재(己有齋)라 현판(懸板)을 거셨던 것을 그대로 따랐다.

계사(癸巳)(1773년) 칠월(七月) 표천공의 권유에 따라 종제(從弟) 경순(景淳)께서 지으신 기유재기(己有齋記) 목판본(木版本)이 현판 삼자(三字)와 함께 같은 종제이신 지순(持淳)의 각서(刻書)로 보전(保全)되어 있다. 기(記)의 내용에 의하면 기유년(己酉年)에 표천공께서 귀로선묘지하(歸老先墓之下)하니 향산(香山) 백거이(白居易)의 시구(詩句) 자차 광음위기유(自此光陰爲己有)와 회옹(晦翁) 주자(朱子)의 가거기유(家居己有) 속의 기유(己有)가 떠올라 음차(音借)로 이를 이끌어 스스로 바라는 것을 나타내고자 하셨다 했다. 비로소 벼슬을 그만두고 자신의 삶을 지니게 된 기쁨과 효(孝)의 근본을 지키게 되었음을 스스로 함축하신 뜻이 거기에 있다. 이에 이곳 동래정씨가족묘원(東萊鄭氏家族墓園)을 기유원(己有園)이라 이름하고 그 뜻을 이어받아 우리 예 있음이 하늘의 뜻과 함께 함을 여기 쓰고 새겨 효의 정신으로 돌 하나를 새로 세우는 바이다.

단기 4334년 5월 일
서기 2001년 5월 일

종손(宗孫) 완모(完謨)
손(孫) 진근(鎭瑾) 진환(鎭桓) 진규(鎭圭) 진석(鎭奭)
손(孫) 윤영(胤泳) 민영(敏泳) 지영(芝泳) 신영(信泳)
손(孫) 재욱(栽旭) 상욱(相旭) 상현(相賢)
근립(謹立)

팔 대손(八代孫) 시인(詩人) 진규(鎭圭) 근찬(謹撰)
계명대학교(啓明大學校) 안동인(安東人) 김양동(金洋東)

기유정 내력

기유원 조성할 때, 충남 보령에 계시던 표천공 묘소의 묘사는 마침 그대로 남아 있어 이 묘사의 기와 하나까지 그대로 옮겨 와 기유원에 다시 세웠다. 그리고 '기유정(己有亭)'이라 이름하고 남편이 현판을 써서 달았다. 아울러 그는 「기유정기(己有亭記)」를 쓰고 그것을 각하여 누마루에 달아 놓았다. 그의 간절한 마음이 느껴진다.

기유정기(己有亭記)

이 기유정(己有亭)은 표천공(瓢泉公) 제각(題刻)

기유재(己有齋) 현판 기유(己有)를 따랐으며

신죽리(新竹里) 표천공 묘사(墓舍)의

기와와 기둥, 초석들을 그대로

옮겨 와서 정(亭)의 기틀을 삼았다

이는 기유원(己有園) 선조들의 음덕을

기리고 문화유산을 아름답게
지키고자 팔 대손(八代孫) 진규(鎭圭)와 진석(鎭奭)이
마련한 것이다 유택(幽宅)의 선대(先代)들께서
이곳에 납셔서 때로 송하기국(松下碁局)도
펼치시고 시회(詩會)를 여시는 등 즐거운
자리가 될 것이며, 우리 후손들과
지나는 이들도 잠시 들러 참배하시고
쉬어 가는 자리로도 삼고자 한다

이곳에 따뜻한
눈길과 손길
포근한 그날의 가슴
영원한 아버지 어머니들
빗장 열고
기다림으로 있으시네
우리들 쓰다듬고 계시네

단기사천삼백사십삼년경인칠월(檀紀四千三百四拾三年庚寅
    七月)

팔 대손 진규 진석 세우고
진규 삼가 짓고 쓰다

건립기획 이규진

기유정을 세우며 상량문 또한 남편이 새로 썼다. 이걸 쓰
고 남편은 집 한 채를 지은 듯 했는지 시를 한 수 짓기도 했
다. 아래는 기유정 상량문을 쓰고 남편이 쓴 시다.

그의 등줄기에 상량문 한 줄 기일게 썼다

대들보 하나 올렸다

—정진규,「집」

기유원 입구에 세운 비(위)와 기유정(아래).

은암 정완모 선생 탄생 100주년 기념비

아버님 탄생 100년이 되던 해 형제들이 아버님을 잊지 않고 늘 기억하게 하는 무슨 일을 하자고 의논하다가 아버님 탄생 100주년 기념비를 우리 집 마당에 세우기로 했다. 아버님께서 늘 거니시고 서 계시고 하시던 곳에 세워 아버님 평생, 아니 우리 선조들 대대로 살아오던 이 마당에 세워 아버님 계심을 항상 느끼도록 하자고 했다.

비문은 아들 경산이 쓰고, 조상은 조각가로 이미 일가를 이룬 손녀 서영이가 맡아 했다.

비석 뒤쪽에 남편의 헌시가 있다.

만권서(萬卷書)의 경전(經典)이 되고도 남습니다
여든아홉 가마 흰 쌀알들의 그 낱알들의
수효만큼의 효(爻)와 효(效)가 거기 다 있습니다

음과 양이, 저희 허약한 삶을 다스려 주신
뛰어난 효험들이 거기 넘칩니다

헌시(獻詩) 아버님의 경전(經典)

동래정씨 진사공파 안성 종친회 세우다
이천십사년 칠월 일

아버지 할아버지를 기리고 그리는 아들 딸 손자 손

변영림은 1938년 서울에서 태어나고 자랐다. 고려대학교 문과대학 국문학과를
다니던 때, 정진규를 만나 1961년 결혼했다.
시인의 아내가 되어 세 남매를 낳고 살다가 결혼한 지 10년 만에 교사임용고시를
치르고 28여 년을 중등 국어교사로 재직한 후 1998년 퇴임했다.
2008년, 30여 년을 지낸 서울 수유리 집을 뒤로하고 남편의 고향 안성 보체리
'석가헌'으로 낙향하여 지금까지 지내고 있다. 손때가 묻은 집의 기억을 간직하고,
마당의 꽃과 채마를 가꾸는 일을 남은 생의 놀이요, 일로 생각하고 있다.

한나절

변영림

사진: 손현숙(1장, 복사촬영: 김익현), 김혜원(2장, 3장, 부록)
편집: 김유진
표지 글자: 정서영
디자인: 전용완
제작: 세걸음

발행처: 나선프레스
등록 2019년 1월 8일 제2019-000009호
rasunpress@gmail.com

2022년 11월 25일 초판 1쇄 발행
ISBN 979-11-980575-1-8 02810